沒有貓的長巷

菲律賓‧華文風 叢書 07（新詩）

雲鶴 著

楊宗翰 主編

【主編序】

在台灣閱讀菲華，讓菲華看見台灣
——出版《菲律賓‧華文風》書系的歷史意義

楊宗翰

　　很難想像都到了二十一世紀，台灣還是有許多人對東南亞幾近無知，更缺乏接近與理解的能力。對台灣來說，「東南亞」三個字究竟意味著什麼？大抵不脫蕉風椰雨、廉價勞力、開朗熱情等等；但在這些刻板印象與（略帶貶意的）異國情調之外，台灣人還看得到什麼？說來慚愧，東南亞在台灣，還真的彷彿是一座座「看不見的城市」：多數台灣人都看得見遙遠的美國與歐洲；對東南亞鄰國的認識或知識卻極其貧乏。他們同樣對天母的白皮膚藍眼睛洋人充滿欽羨，卻說什麼都不願意跟星期天聖多福教堂的東南亞朋友打招呼。

　　台灣對東南亞的陌生與無視，不僅止於日常生活，連文化交流部分亦然。二〇〇九年臺北國際書展大張旗鼓設了「泰國館」，以泰國做為本屆書展的主體。這下總算是「看見泰國」了吧？可惜，展場的實際情況卻諷刺地凸顯出臺灣對泰國的所知有限與缺乏好奇。迄今為止，台灣完全沒有培養過專業的泰文翻譯人才。而國際書展中唯一出版的泰文小說，用的還是中國大陸的翻譯。試問：沒有本土的翻譯人才，要如何文化交流？又能夠交

流什麼？沒有真正的交流，台灣人又如何理解或親近東南亞文化？無須諱言，台灣對東南亞的認識這十幾年來都沒有太大進步。台灣對東南亞的理解，層次依然停留在外勞仲介與觀光旅遊——這就是多數台灣人所認識的「東南亞」。

東南亞其實就在你我身邊，但沒人願意正視其存在。台灣人到國外旅遊，遇見裝滿中文招牌的唐人街便倍感親切；但每逢假日，有誰願意去臺北市中山北路靠圓山的「小菲律賓」或同路段靠臺北車站一帶？一旦得面對身邊的東南亞，台灣人通常會選擇「拒絕看見」。拒絕看見他人的存在，也許暫時保衛了自己的純粹性，不過也同時拒絕了體驗異文化的契機。說到底，「拒絕看見」不過是過時的國族主義幽靈（就像曾經喊得震天價響，實則醜陋異常的「大福佬（沙文！）主義」），只會阻礙新世紀台灣人攬鏡面對真實的自己。過往人們常囿於身分上的本質主義，忽略了各民族文化在歷史上多所交融之事實。如果我們一味強調獨特、純粹、傳統與認同，必然會越來越種族主義化，那又如何反對別人採用種族主義的方式來對付我們？與其矇眼「拒絕看見」，不如敞開心胸思考：跟台灣同樣擁有移民和後殖民經驗的東南亞諸國，難道不能讓我們學習到什麼嗎？台灣人刻板印象中的東南亞，究竟跟真實的東南亞距離多遠？而真實的東南亞，又跟同屬南島語系的台灣距離多近？

台灣出版界在二〇〇八年印行顧玉玲《我們》與藍佩嘉《跨國灰姑娘》，為本地讀者重新認識東南亞，跨出了遲來卻十分重要的一步。這兩本以在台外籍勞工生命情境為主題的著作，一本是感性的報導文學，一本是理性的社會學分析，正好互相補足、對比參照。但東南亞當然不是只有輸出勞工，還有在地作家；東

南亞各國除了有泰人菲人馬來人，也包含了老僑新僑甚至早已混血數代的華人。《菲律賓·華文風》這個書系，就是他們為自己過往的哀樂與榮辱，所留下的寶貴記錄。

　　東南亞何其之大，為何只挑菲律賓？理由很簡單，菲律賓是離台灣最近的國家，這二、三十年來台灣讀者卻對菲華文學最感陌生（諷刺的是：菲律賓華文作家在一九八〇年代以前，一度以台灣作為主要發表園地）。[1]東南亞各國中，以馬來西亞的華文文學最受矚目。光是旅居台灣的作家，就有陳鵬翔、張貴興、李永平、陳大為、鍾怡雯、黃錦樹、張錦忠、林建國等健筆；馬來西亞本地作家更是代有才人、各領風騷，隊伍整齊，好不熱鬧。以今日馬華文學在台出版品的質與量，實在已不宜再說是「邊緣」（筆者便曾撰文提議，《台灣文學史》撰述者應將旅台馬華作家作品載入史冊）；但東南亞其他各國卻沒有這麼幸運，在台灣幾乎等同沒有聲音。沒有聲音，是因為找不到出版渠道，讀者自然無緣欣賞。近年來台灣的文學出版雖已見衰頹但依舊可觀，恐怕很難想像「原來出版發行這麼困難」、「原來華文書店這麼

---

1. 台灣跟菲律賓之間最早的文藝因緣，當屬一九六〇年代學校暑假期間舉辦的「菲華青年文藝講習班」（後改為「菲華文教研習會」）。此後菲國文聯每年從台灣聘請作家來岷講學，包括余光中、覃子豪、紀弦、蓉子等人。一九七二年九月廿一日總統馬可士（Ferdinand Marcos）宣佈全國實施軍事戒嚴法（軍統）之後，所有的華文報社被迫關閉，所有文藝團體也停止活動。後來僥倖獲准運作的媒體亦不敢設立文藝副刊，菲華作家們被迫只能投稿台港等地的文學園地。軍統時期菲華雖無出版機構，但施穎洲編的《菲華小說選》與《菲華散文選》（台北：中華文藝，一九七七）、鄭鴻善編選的《菲華詩選全集》（台北：正中，一九七八）卻順利在台印行面世。八〇年代後期，台灣女詩人張香華亦曾主編菲律賓華文詩選及作品選《玫瑰與坦克》（台北：林白，一九八六）、《茉莉花串》（台北：遠流，一九八八）。

稀少」以及「原來作者真的比讀者還多」——以上所述，皆為東
南亞各國華文圈之實況。或許這群作家的創作未臻圓熟、技藝尚
待磨練，但請記得：一位用心的作家，應該能在跟讀者互動中取
得進步。有高水準的讀者，更能激勵出高水準的作家。讓我們從
《菲律賓‧華文風》這個書系開始，在台灣閱讀菲華文學的過去
與未來，也讓菲華作家看見台灣讀者的存在。

目　次

第一輯

……此時，真正感到的重量

已在圓頂之上，雙足之下

一生的愛與恨剩下一片空靈……

偶成

空無人跡的長巷
牆頭，忽然躍下一隻
黑貓

把讀詩的人
嚇了一跳

黃埔

黃埔，這指揮刀塑成的
建國方略中南方的重港
百年來，以它最深的水位
默默地承受
歷史的沉澱

偶得

挥毫之後
所有的留白都塗成一幅
狂狂野野的山山水水
唯獨留下，洗筆後的餘墨
無意間滴落，成為
陶潛的瘦菊
悠然與歷史對視

玉龍雪山

據說
人老，髮就白了

當我面對玉龍雪山，才懂得
什麼是白髮三千丈
什麼是——
永恆

三道茶

──作於雲南白族「三道茶」晚會

今夜
在我面前獻上的是
苦、甜、回味的
三道茶

但令我真正品嚐出味道來的是
用生命之泉沖泡出
我心中又酸又澀的
不堪回味茶

【後記】2005年5月參加世界詩人筆會假雲南大理舉行的第十屆詩人筆會，
十七日晚大理州州政府舉行大型「白族三道茶詩歌朗誦聯歡會」
招待與會各國代表，由白族少女向各代表獻上「苦」、「甜」、
「回味」三道不同味道的茶水，品嚐三道茶後有感而作。

午後

午後是久釀的酒，在粼粼的翠綠中
點點滴滴、遠遠近近
不斷地以它的芬香
誘我淺酌甚至豪飲。只是
每次入喉後，往事、前程
都成了微醺後的緘默

午後，寂寥的庭院裏
唯有那隻貓，尚在守侯
陽光中泅泳的魚群

昇

乘熱空氣上升
氣球說
我不必辨別東西南北
只隨風轉向
就抵達目的地

此時，一葉孤舟
正在驚濤中逐浪
只聽見，它向天空高呼：
你比我自由嗎？

協議

那天他來
與我簽一紙協議
目的：偉大、永恆
程式：追逐、逃避
期限：二萬九千個日曆天
代價：永不止息的亢奮

甲乙雙方簽名蓋章後
才發現
同一個名字、一樣的章

泰寧遊偶得

為月色清晰或模糊而爭論
那一排湖畔不知名的群樹
在彼此俯仰相視間
繁富了這謐靜的空間

當黎明星在剩餘的夜色裏
顫慄地眨著微弱的光芒
此時，一種詭異的氣氛充滿寰宇
但見夜色踉蹌而去，晨曦
已俐落地棲息在對岸群山肩上

獨木・孤雁

把根還給泥土
獨木說：
我欲拔地而起
天空才是我的
歸宿

殊不知
在時間裏飛翔的
孤雁，終於
把翅膀歸還給
天空

蟲伴

驚醒之後，開燈
又是那打也打不死
摔也摔不掉的
飛蟲與蟲鳴
固執地，一定要伴你
共舞餘生

除此之外，知否？
三尺以下
尚有多少蟲在等待
多少蟲，要啃盡
你的膚肌，你的骨骸

【後記】年紀一大，就有那治不癒的，眼前的飛蟲與耳際的蟲鳴。

訪石之旅

我來自千島之國
踏著雲的足步
渡洱海、越蒼山
尋覓那傳說中的
煙、茶、藥

終於讓我看到
雲的錯愕，聽到
山的驚呼

在石灰岩凝成的歲月中
我瞑目
蹣跚地走進歷史
搜集，散落了一地的童話

【註】本詩作於2005年5月雲南大理之行後

體脹係數

公式說
溫度上升與體積膨脹之間
比例恒定
是故謂之係數

並說，唯氣體的係數
與壓力有大大的關係

但有一種物質
雖非氣體，卻勝於氣體
它向上向下向左向右
讓你前看後視
在東東西西之間，真教人不懂
它是什麼東西

時空的歸宿

1

不應該寫期票
卻天天在寫
健康、快樂、幸福……

最後那一張是
生命
看你跳不跳票

2

恐懼真的無所謂
滿足更不是什麼
過眼的風景中，一頁頁
風花雪月被撕下
拋落在生命的古井中

漣漪，一圈圈蕩開、擴散
漣漪，一紋紋在井壁消失

土與木

長在廟旁的那棵大樹
舉起千臂，仰首向天
一副傲傲然的神態
似要告訴所有來拜拜的人們
他的祖先，正是大殿上
那撐起整個屋面的
橫樑與立柱

從不開聲的泥土，心中有想法：
如果沒有我默默的扶持
又讓你們把根鬚繫入我的軀體
以我所有的一切，滋養了你們的一生
最後還是我，幫助你們的祖先
完成他們該盡的義務

忽然跑來一隻野狗
蹺起單腿，灑一泡尿
玷污了樹，也酸化了泥土

河誦

不斷地向四方伸延的
那條河，源自乾瘠的北北西
沿地底的斷層而滔滔不絕
誰也不知道它的所向

那條河，源自乾瘠的北北西
沿地底的斷層而滔滔不絕
直到那一天，向上沖湧，它
突破了荒廢的地殼，奔過傾圮的城闕

沿地底的斷層而滔滔不絕
直到那一天，向上沖湧，它
跨山越野，不稍停息
向南，向南，那是一片澄藍與碧綠

直到那一天，向上沖湧，它
跨山越野，不稍停息

當那片澄藍與碧綠迎面而來
它知曉，永遠的棲守已到臨

重量

　　那重量是無形的塊壘
　　在心的上方，緊緊壓著
　　當它驟然坍塌
　　我試圖高舉雙手托住
　　慢慢地，向上移動
　　忽然覺察，沿指縫滲流而下的
　　是累積五十餘年的恩恩怨怨

　　繼續向上托，重量
　　已達霜寒露凍的高處
　　但心卻分毫未往上稍移
　　然而意識已被封殺
　　無以化解一生的迷幻
　　只聽見，什麼聲音從遠方傳來
　　比昨日響亮
　　比明天低沉

此時，真正感到的重量
已在圓頂之上，雙足之下
一生的愛與恨剩下一片空靈
僅感到，生與死之間
竟有那麼大的落差

樹

隔壁空地上，有一棵
真可稱為頂天立地
蓊蓊鬱鬱的大樹

我不知它屬什麼科，歸什麼類
雖然它時而落葉紛紛，時而殘柯亂擲
令老伴勞於清掃庭院而廢寢忘餐
但我們無怨，總感激它為我們
遮風蔽日，在這三季炎夏的菲島
給我們的小園以一方涼蔭，一份晚春曉秋的舒適
且經常在清晨與傍晚
送我們一團濃得化不開
群雀的啾唧

忽然有一天，居於另一邊的老太太
雇來菲工數人，摩拳擦掌
把它龐大臃肥的軀幹

離土半米至二米間的表皮
以利斧銳刃，層層刨下剝落
露出，煞是好看的一圈白色肌肉

啊！這種我從未見過的酷刑，據說
可把老樹賴以維生汲取水份的筋脈
從中切斷，破壞它的循環系統
令它像個血流不止被肢解的壯漢
漸漸死去！

此後，小園日烈風勁，群雀啞然
曬滿草地上的陽光雖是燦爛醒目
卻抹不去我心中若失的悵然
耳際時而穩約傳來老樹的咆哮：
「人啊！人啊！為什麼你們看不慣
　我不隨風仰撲，堂堂坦坦的立姿？」

第二輯

……用比墨色濃的鄉愁

寫一個字——

家

野生植物

有葉
卻沒有莖
有莖
卻沒有根
有根
卻沒有泥土

那是一種野生植物
名字叫
華僑

中年

逃亡

自歲月的集中營

我的足跡

越過時間的荒野

一步一血印，踏出了

童稚、希望、夢、愛慾以及

頑石似的

中年

鄉愁

如果必須寫一首詩
就寫鄉愁
且不要忘記
用羊毫大京水
用墨，研得濃濃的

因為
寫不成詩時
也好舉筆一揮
用比墨色濃的鄉愁
寫一個字——
家

猴想（之一）

好幾回，試圖凌空翻躍
自以為，即使不及南天之遙
也該降落在那
朝夕思慕的廣廈之門
只是，一躍再躍
總翻躍不出這
生活、親情、病痛、職責、金錢
構成的五指山

【註】作者祖籍福建廈門

猴想（之二）
——讀報有感

剛移走了一座山，就以為
從此可以縱橫自主，叱吒隨心
殊不知，頭上的金箍
只要這麼輕輕一唸
就痛得你冷汗夾背，屎尿齊流
親者痛，仇者快
皮痛肉痛那比得心痛
唐僧呀唐僧，聽見否？
千山萬水之外聲聲的祈求
發自一隻不戴箍的靈猴

饑餓的構圖

餐盤是否足以
容納饑餓？

啃麵包時必然的聯想
水、鹽、與一些
落地噹噹作響的……

如果你已倦於
收割季後空虛的等待
是否該把憐乞與哀求提升為
一燃燒的廣場？

有贈

震耳欲聾的
是你的跫音，當你
毅然割斷臍帶
從火中，一步一血印地
走出來

雖然意志曾經
被壓軋、被肢解
但搗不爛的，焚不焦的
是你那一顆熾熱的
愛國心

偶成

有人告訴我：
「你的詩，不寫的比寫的
　更好！」

於是
索性連字也不寫了
只在稿紙上畫眼睛
畫呀畫呀
直至每隻眼睛流出來的淚水
匯成一陣澎湃而來的——
詩潮

覆信

朋友來信，問我
曾否經歷過
沒詩的苦悶？

該如何回答？
提筆沉思、苦想
忽然聽見
戶外撲翅的聲響
猛推窗
竟見，對面屋簷下
落日正驚慌地竄飛

而天空呢？
天空已低得蓋住了暮色！

描律 ^(註)

捲曲的身子，醜陋的頭
剛成形的翅與腳掌
那些嫩毛，是再也長不成羽了
尚待開始的生命
已遭殺戮

把「描律」當作特等佳餚的人
吞食間，請回想一下
你年輕時的理想
像不像「描律」？或更可憐
　——尚未成形
已被現實食掉

【註】描律（Balut），半孵化的鴨胎蛋的菲律賓名稱。

榴槤 ^(註)

前人植的樹
後人食的果

叫人哭的奇醜
令人吐的氣味
這果子
蘊含大大的滋補，還有
那種令人流連忘返
奇異的魅力

還有，每次食後
湧上我心頭
數十年來生活的感受

【註】榴槤西名Durian（Durio zibethinus），又名韶子、麝香貓果，是菲
律賓南部特產之果子，皮厚多刺且發奇臭，但果肉卻有一種誘人的
異香。據說榴槤樹植後需待五十至一百年方結果子，果子食後令人
「流連（榴槤）忘返」。

飲後

醉醒之間，滔滔的
應不全是廢話
但朋友，該說些什麼呢？
訴鄉愁，嫌陳舊了些
追往事，卻全是長在心頭
不敢剪破的繭
兒女私情嘛
都淡成
融冰太多的凍啤酒了
至於
雄心壯志
來，再乾一杯！
才不致
羞於啟齒

鄉心

——飛翔豈止於俯視
　是雲，就化為雨為露
　降落、灑開、滲入每寸泥土

小徑等待久違的步伐，石屋
把斑駁留與誰看？
雞啼來晨暉，雀噪壓枝
幾聲犬吠吠出了鄉音
當炊煙殘酷地旋入暮色
山突然退去，留下夕陽
烘乾瞭望歸的眼

就這樣站著，望歸的人
站成一棵樹
欲擁抱什麼似的
向天空攤開千手

沃土
──為心果兄詩集《情愛，在香港》而作

必須尋到夢裏的沃土
愛，才能在那裏生根、萌芽
才能長成蓊蓊鬱鬱的大樹

沃土何在？
沃土在心園
心園何其廣大
那裏，不設籬圍、沒有界線
那裏，繁衍著純潔與真摯

那裏，愛的根鬚深深紮入
吸吮著沃土的芬芳
在最美麗的時刻
含苞、怒放
結成纍纍的心果

補白
——給和權

你來電話數數次
堅持要我
寫幾句什麼的

我無言以對
看窗前老椰
雖不落葉卻瑟縮
在風中揮動殘折的膀臂
那種渴望綠又綠不起來的窘態
恰似
要詩又詩不出來的
我的筆

老兄，如果真要贈言以補白
也只有這麼一句：

「盼詩如老酒，
　越久越醇越耐讀。」

因為
我已久久無詩

失題

在這島上
季節是一種戀
讓你期盼、苦待——
處暑、白露、秋分
終於來了寒露……
過了寒露呢？
霜花竟亮了你滿髮滿鬚

寒光裏，隱隱約約
看到那人擲杯豪語：
「做人，就該轟轟烈烈
　涉江、渡河
　闊步跨過茫茫大海
　翻騰像一條
　龍！」

而關緊窗門的季節已臨
關窗時，你頓然發覺
這裏灘淺、潮低
是江的都涸成滾滾黃塵
是河的都龜裂如那人的意志

而你，你該逃亡
像窗外剛剛飛走的青天！

路

在那憂心忡忡的日子裏
即使風和日麗，當你仰首讀雲
也僅讀到它飄逸背後的沉鬱
僅能感到它蘊藏著的
舉起山洪，顫慄海族的潛威
你苦苦思索，如何避開那尚未發出
無形卻足以致命的一擊

此時，四野不受控制的驚呼
正尖銳地
一排又一排激射而來
下午三時十五分
從異族的華爾街到漢裔的四方城
旱雪紛紛下降、下降
某一種數字，乘機躍升
以蛇的蜿姿，以鼠的迅步
竄越你熟悉的生活圈

你想抓緊些什麼
卻什麼都抓不到

時刻已不容猶豫
推開萬鈞的挽意與勸阻
你舉足疾奔
倉皇如喪家之犬
強忍風沙穿過肋骨時的劇痛
且閉緊雙目
因你不敢正視迎面而來的路徑
更不敢想像，路徑導向的
是峭壁，或是懸崖

疾奔，疾奔
忽然在你左側
拉開了一片久違的風景——
稻田、阡陌、瓜棚與菜畦
安祥寧靜裏，歷歷可聞的是兒時的笑語
那幾間茅屋雖然破舊，卻滿含溫情……

疾奔，疾奔
忽然在你右側
閃現一幅鋼骨與水泥的構圖——
濫泛的人潮
儘是碧眼金髮的胡兒
沙拉、熱狗、漢堡包與三明治
似在嘲笑你慣於熱食的胃腸……

而路還在你面前伸展
不許左轉也不許右拐
而路還在你面前伸展
不管閉目或睜眼，路僅僅一條
或走或跑，只是不許停留

不許停留的路
不許停歇的奔跑
疾奔，疾奔
直至你的鬚髮脫落
如暮色裏飄灑的秋葉
那時，請駐足稍息
看一看四周

是茫茫的曠野，或是
一片拔光了樹的森林

是曠野？是森林？
你將永不知曉
因那奧秘
即使窮一生的長度去量測
也求不出答案來

【註】此詩完成於一九八三年十一月菲律賓馬科斯時代末期，詩主要是表
　　　現當時華人華裔的心態。詩中「異族的華爾街」指大岷馬加智地
　　　區，該區是西班牙裔控制的金融中心；「漢裔的四方城」指華人
　　　區；「旱雪」指這兩個地區每天下午三時十五分（反對黨領袖參議
　　　員亞謹諾遇刺的時間），高樓大廈中的人們紛紛拋下紙屑以表追
　　　悼，其景象有如漫天飄雪；「某一種數字」指菲幣與美金的比率。

獨白

眼皮尚壓著半夜夢魘的重量

曙色已搖響枕旁的鬧鐘

起床，上廁，冷水淋頭後透支的清醒

餐桌，黑咖啡，啃烘焦了的班黎薩[1]

報紙是早點不可缺的營養

中文報，西文報

而立之後，才懂得以心靈去讀

印有「中國」兩塊方字的每一節

響有「采那」二音的每一段

速讀，速讀，趕讀，趕讀

把政變讀成石油加價

把綁架與謀刺

讀成大人物的花邊新聞

把清晨的腦袋

塞滿昨日的陳跡

一日的生計必須開始
每一處工地必須巡視
騎上火紅的達馬佬[2]
在時速九十里中吞食撲面的沙塵
或在交通燈可憐的眼色下
接受一氧化碳的窒刑
去巡視，去檢閱
水泥的隊伍
鋼鐵的秩序

誰說沒有梯級就不能攀登
鷹架上棲滿不飛的蒼鷹
每隻踏在橫梁上的腳
穩似馬戲班裏的走索人
每雙撬鋼筋的手
凸出的筋脈是盤柱的青龍

起吊車、挖土機、焊接器
哪一件缺得了這一雙雙結繭的手？

花崗樓、大理廳

哪一寸又歸屬這一對對滲血的腳？

社會安全保險、勞工權益保險

哪一條能保得住

失足後妻兒的飽食暖衣？

建築規格必須嚴厲執行

生存規格呢？誰來執行？

每次攤開藍圖時

就禁不住這樣想，這樣想

中午的太陽是一團火

工地是沸透了的一鍋油

細看藍圖，防熱設計完備

擋陽簾擋不住的留給隔熱板

隔熱板隔不開的

留給氣溫調節器

當華廈拔地而起，誰還記得

曬焦了的古銅皮膚，以及

皮膚上沸騰的汗滴？

控制自然，創造環境

建築師、設計師，幾時擬就一套
完整的改善施工環境計劃？

從東到北到西到南
達馬佬從怒吼到悲嘶
九十四，九十六，九十八……
水銀柱上升，氣壓下降
溫度與濕度競高
蒸發了血液，乾涸了腦漿
從南到西到北到東
車扣著車扣著車扣著車的長鏈
一匹又一匹，越扣越長
一繞又一繞，越束越緊
狂奔的脈搏應和著
不勝負累的喘息

何處可覓得片刻安謐？
這裏沒有南山，縱然有菊
菊已枯萎在花店的櫥窗
三面是樓高高，一面海茫茫
站在堤上，讓夕照熏紅雙眼

看太陽墜海

沉落處，嗤起一縷輕煙……

【註】1. 班黎薩：Pandesal，一種麵包的名稱。

2. 達馬佬：Tamaraw，菲律賓的一種黑牛的名稱，詩中乃指以此種黑
牛為名的小型卡車。

一句話

不必等我，我已來
趕在比早春更早的清晨
趁夜露尚重，朝霧未散
時刻，正好讓我
用半生的企盼與期待
說出那一句
除剛掠起的蜻蜓外
只有你我才聽得見的話

愛的方言

常想寫首詩給你
卻怕你讀不懂
因為，我的思念潦草如
我的筆跡
且時常夾著
一、兩個錯別字

反正是讀不懂的
多了些囈語也無所謂
就把愛的方言
全寫進去吧

另一種情詩

把心掏出來
壓在紙上，蓋一個
熟透了的番椒般
深紅深紅的印
然後，告訴你
這就是
寫給你的詩

這樣，每回你讀了
該有一種
好笑卻又笑不出的
淒涼？

秋思

想你的時候
說不定，千里之外
已是落葉蕭蕭的
深秋了

最美的還是這種
早一點嫌暑
遲一點嫌寒的季節
當葉子紅成我的思念
忽而想起
該是敲醒你的時候了

敲醒你，不用別的
用那偶爾落在秋寒裏
細雨輕輕的淅瀝

夜景

七彩的雨傾盆，向下
向左又向右，彩絲落向
墨綠的夜之海洋，海洋上
忽而長起幼苗千萬
看幼苗迅速生長，枝葉豐茂
含苞、怒放、花瓣飄飛
無數發光的彩果結成，果香四溢
雀躍了所有的眼睛

熱帶的夜、都市的夜
聲音也發出顏色來

歌者

喉中逸出彩蝶千隻
歌者、織音符成絹綢綾緞
做我心的錦衣繡服

忽而百花繁開般熱鬧，忽而
純淨似輝映在雪地上的月光
歌者、一本書般翻開了我
童年是朗朗書聲

如果把聲音再提高些
暮色就迤邐西去，留下晚霞
讓我的畫筆沾滿
畫一片草原，畫一群牧者
畫他們飄揚的歌聲

天倫

母親，你該聽見
孩子無助的啼聲，該看到
他稚弱的雙臂，奮力地
伸向這麼熟悉的親情
卅年隔絕，這距離
更近亦遙遠，這情感
再熾也冷漠。母親
你該走近他？還是
讓他擦破膝蓋
一寸一寸爬向您？

孩子，你懂不懂？
母親歉疚的眼神
卅年的風砂，五千里煙塵
一層層一浪浪厄運的湧疊
括不倒，淹不去
母親頑強的立姿。孩子

你的存在，母親並非忘卻
只是無力兼顧
無力兼顧

階

再一次行經那古老的城鎮
夜就深成長長的路
像一個老人扶著另一個老人
彼此依靠，登上粗糙的石板階

忽然你說：
「必須停止，如果讓河流泛濫
　你我將成為抓不住兩岸的蘆葦！」

那時我看見
你眼中的淚，正努力地
試圖澆熄正燃燒起來的愛
那時我看見哀傷，雖然你笑著

階的盡頭是夜的盡頭
推開的門是關閉的心

輕輕吻別，什麼都不要再說
俄頃，千級石階在我心中成形

某黃昏某橋頭偶成

那匹拉車的倦馬踢亮了
守在橋楯的二排瘦燈
黃昏，在一陣驟風旋過之後
碎成無數的落霞紛紛
遠地，傳來一闋南曲
陳舊如隔街老太婆的吱吱喳喳

今夜無星無月，倦意潮濕且酸鹹
這噪音與廢氣之災豈止於身受
要解脫，唯有蒙頭大睡
唯有橋的那端，卑微卻溫暖的窩

但君欲渡河，我欲渡河
必須心平氣靜，清心寡慾
方能平平安安地穿過

這忽明忽暗，招魂鬼火似的
「快樂時刻」酒吧間的霓虹

【註】岷市酒吧間在下班時至夜八時半為「快樂時刻」（Happy Hour），
　　　啤酒特價優待顧客

痕

1

以剩餘的青春索取
隱埋在你體內愛的光華
乾渴的喉，能否以水聲滋潤？
即使翻轉了整座森林
我仍找不到，一棵沒有根柢的樹

只因為
你是輪，我是路，永不能相擁
唯有讓時間，把這微小的接觸面
貫連成一道深深的痕

2

即使讀不懂我的詩，我仍堅持著
等待。相信終有一天

你懂得如何分擔我的負疚
那時，在你的眼中，我當嚐到
我淚水獨有的鹹

但你驀然轉身，匆匆隱入來路
我仰首，以歌聲的最高音
射殺飛揚的意志
毛羽紛墜，我拾回一具折了翼的翱翔

3

千萬鬚根伸入你全身的筋脈
感情的樹，緊緊抓住你的靈魂
以血液滋培，以絞痛
說出什麼是給予，什麼是接受
無需詮釋，我讀懂了你眼中的永恆

不為得瓜而種瓜，你當知曉
傷口尚未成形，血已在湧
受創的位置不一定以疤痕標示，像那人
膚肌完好，卻遍體鱗傷

空舟

何其龐大的空寂
隔開了塵囂與繁華
在你眼前擴張、伸展
讓你整體投入了
如此純淨的孤絕中

如此純淨
沙粒、泡沫、灘與不羈的浪花
潮汐連接潮汐、記憶追逐記憶
遠與近的堅持、新與舊的和合
時與空之距離間
你修長的立姿恒在

你修長的立姿恒在
雲迷離、風隱失
濤聲驟止，暝色蒞臨
淺擱在灘上，你是

那翻轉了的空舟
等待再次沉沒

藍荷

翩然而至的是那一朵
重瓣又重瓣
在正午開放的
藍荷,帶著冷冽的清芬
以及整個夏季的
曖昧

室外,烈日當空
時刻雖然短暫,但樂於
與你共渡、共忍受
那層層圍迫
高速度的熱能
只是
體外的焚易於忍受
熊熊的,卻是體內的燃燒
那烤心成炭、成灰的
燃燒

夏季快過了，你說
該歸去了，你說
歸去，向北北西
北北西
那裏海是你的藍天
灘是你的白雲
當你匆匆奔過潮退後的沙灘
雲上便留下你閃爍的足印

當你倦於那種
沒有翅膀的飛翔
那，你該躺下
在海的臂彎裏
把萬縷愁緒解開，讓海浪梳理
然後，輕輕睡去
像灘上每一粒細沙

那時，不管你感知或不感知
有一個人，他把灰化了的心
讓北去的風，帶走
向沙灘上蕭然怒放的那一朵

藍荷
徐徐撒落……

隱谷行

有這麼一天
走上了彎彎曲曲的山徑
一路上，不斷地假設
如果以赤子的無邪
向大自然索求，該獲得
最最純真的美？
美，用以淨化污垢的思維
用以充實
被市塵堵塞得反而空虛的心靈
但山徑崎嶇
被小石塊刺破的足心
痛得現實，痛得淒苦
痛得只好不斷地假設
踏下的每一步伐
仍是中年以前的壯闊

而美，美在何處
在滿山的樹，滿樹的葉？
在滿葉子的陽光？
一路上，落葉與枯枝不停地爭吵
偶而仰首，即見
鳥鳴伴著陽光
透過濃蔭的承塵
灑了滿髮滿肩
在這喧呶又寧靜的時刻
如果駐足傾聽，可聽見
數百年前果子落地的聲響

山徑盡處
瀑聲嘩嘩
但見急流湍湍來
忽有一種涉水的衝動
是否為了感受流水踏過足背

那種柔柔的涼意？
或是，借那逆流而上的衝勁
去找覓失落的
童年？

童年
童年像那一鏈銀瀑
瀉得兇猛，落得豪放
只是，一陣急急奔流之後
再回首
已離源迢迢

再向歸程張望
山徑伸入了一片
山雨欲來的蒼茫中
有人輕輕地喟歎：
「剛拾起的水中彩石，為什麼
　一瞬間竟風化成滿掌輕塵？」

此時，多麼盼望
歸途中

山徑不要沉寂，沉寂像
走慣了的那條街道——
夜夜，僅街燈
陪伴窗內不眠的眼睛

而歸程更不要
把自己帶進更深更深的孤獨中

【註】隱谷（Hidden Valley）：位於岷市以南之內湖省，山谷飛瀑隱於公
　　　路市肆之後，有如陶潛筆下之世外桃源。

山

約你去爬山，你說：
「心中有座山，迄今
　　尚未能爬上峰頂。」

心中的山，朋友
要用毅力去攀登。因為
山有多高，水就有多深
水有多深
火就有多熱

光

無詩之夜，枕著煩躁
一盞燈，微弱的光
竟千斤般重了

推開窗
像一群竄飛的驚雀
光，撲入黑夜

被釋放了的光
是恒存於宇宙裏
被釋放了的
生命

雪

很抱歉
一裝進信封裏就全融了
看來只許想想，沒可能
寄去，你畢生未見而渴於一見的
祖國皚皚的
白雪

讀完信時，太陽
正以熟悉的眼神
讀著我
且奇怪，為什麼
我竟如此固執地去愛
祖國的嚴寒？

高空作業

總想飛，嚮往著那
一拍翼，千山撲面
一伸爪，橫抓江河的豪情

難就難在
你既不能，站在橫梁上做夢
更不能，邊擰螺絲釘邊寫
那寫了又寫
二十餘年還寫不完的詩

鋼骨

架鋼骨於我們的胸肋上
吐烏煙在我們的呼吸中
文明、工業，工業、文明
何以你如斯緊緊地攫住我們的靈魂
即蠶食了我們的昨日
復遺給我們的後裔以驚惶的未來
文明、工業，工業、文明
何時我們能毀掉你油漬斑斑的魔掌
還我們滿山青翠，遍地芬芳

網

掛滿血的留蘇，網
冷酷地編織著暴力

靈魂已餵給未知，兄弟
當手掌掘地鼠掘成鈀
牙齒啃樹根啃成利剪
困得住驚慌與痛苦，網
困不住憤怒

網，不比你的筋骨堅韌，弟兄
把暴力拋還暴力
即使以手以牙，也足撕毀咬斷
這暴力的象徵──網

無題

畫個圓圈，圈裏
畫一間平屋
屋旁幾棵椰子樹，屋後
有流水，水裏有
魚，魚嘴有鈎，鈎眼有索
索盡見竿，竿握在一個
瘦削削的中年人一雙素手中

馬達聲過後
圓圈不見了，只剩下
一道轍痕

沙

是純剛的構成，亦是
陰柔的組合

似靜息卻恒在變動
濾潮汐，篩浪濤
吐納宇宙的喧嘩
化海市，幻蜃樓
寓萬變於不變

月月年年，永不休止地
印海的訊息
塑風的語言

眾樹

反印出天地的蒼茫，眾樹羅列著
垂立於地平，根鬚乃
下長的枝丫，鑿入地之深心
化無機為生命的律動
枝丫是上向的根鬚
吸朝暉夕照而成果實的豐黃

向四方展開千葉的蔽蔭
不畏風之欺凌，無視雨之侵侮
以碑之執拗與堅忍
固定自己的位置，在平原
豎起，在曠野
羅列，羅列著一種美
一種永恆

石子

無可追尋，這夾在我拇食兩指間
渾圓的小小石子，從何而來？
至深至深千潯以下？或
至高至高的萬仞危崖？

火岩沸在地心，隕星在天際激射
沙塵飄蕩在我們呼吸之間，更在
我們體內運行，臟內聚積成患
早於造化混沌、女媧以你補天，而今
登月者更需要你，以窺天地之奧秘
你經琢磨而為飾，築建可成廈
至美、至堅、超空間、越時間的
渾圓的小小石子
從何而來？

夾在我拇食兩指間的，是一渾圓的
小小宇宙

瓶

容納了一海潮音
我的瓶，靜默如一塑像
盲瞳裏刻上萬頃煙波
柔和但不可逼視
真實卻無以觸摸

飾你以海的遼闊與深邃，以
波光的閃爍與浪濤的起伏
透過你，我的瓶
讓我觀看，你如何把宇宙
濃縮、翻轉、且倒置陰陽

泳於你腹中的冰澈
我已迷糊，是泉？是酒？
是不甘不烈的非泉非酒？
當千航慈渡，鐘聲
繞千岩萬壑南來

不沾唇，但我已醉
已解纜遠去……

堤

假若你側耳傾聽
假若你極目而眺
堤外的騷動與堤內的寧謐
是對立？是交溶？

是何種力量，如此地
推動海，激以洶湧？
是何種力量
固定波瀾，並壓碎濤聲？

假若我深入海的浩瀚
是否能在它沸騰的心中
掬一泓靜穆，像堤內澄明的海
拒絕逐浪隨波
且把我的孤寂如此清晰地反映？

擊劍

這永不止息的械鬥
在心的煉獄
一方是異邦的榮華
一方是故國的緬懷

數不清的交擊
電轉風迴，劍聲霍霍
生活。一招招刺來
避中門，走偏鋒
虛裏套實，意欲一發之下要害立傷
現實。一勢勢化去
劍氣罩體，沉如山嶽
那怕你佯裝偽飾，詭詐連環

這不止息的械鬥，三十八年如一日
點紮截挑，撩揮劈砍
劍手已遍體鱗傷，猶持劍怒峙

三十八年如一日，交鋒更交鋒
刺不倒的是唐人固有的堅忍
化不去的是週遭隱伏的危機

飛

每一次起飛是一次生命的預支

企圖以空間超越時間
否定高度與距離，人類
把智慧發揮到極端
把殘酷與摧毀的本性
作無限的展延

向鷹翼飛不達的地方
把噴射雲盤旋在雲層之上
何謂音速？如果你已抵達
聲音也傳不開的真空
何謂美感，當地平線已彎曲
幅射雨幻不出瑰麗的七彩虹

明知每一次降落
是一次灰飛煙滅的賭注

但你必須降落，必須回歸
回歸自然秩序裏真實的自我

是你征服了時空，還是時空征服了你？
當千山萬水向你迎面迫來
你將看到，戰爭的手握拳高舉
向蒼茫示威

地下火

壓於大海千潯的陰森
困於地層萬年的冰冷
地底之奔流，海下之大海，不斷地
沸騰、蠕動、向四方伸展
向上，奔流改道，向上
作一次絷破大動脈般的
噴出

一聲呼嘯，太陽震裂，星四濺
自地面壯麗地站起
熔岩浩浩蕩蕩轟轟烈烈
舐大地，煮江河
擋路的倘不飛灰亦化石
地下火，火葬了大地

火葬了大地又如何？
當橫流止息，火焰轉弱

突來的陣雨更淋滅了餘燼
地下火，你回歸地下
那裏才是不熄的爐

拔河

孩童時，與遊伴玩
拔河。一種力的遊戲
憑氣力，講步伐
自信充沛，有必勝的決心

中年後，拔河已成生活程序
以搖動的信心，勉力地
與環境，與現實
拔那無數次
敗多於勝的河

直至老年
河仍舊是要拔的
此時，有更強更大
令你信心盡失的
對手——
死亡

乒乓

這穿梭的銀輝，揮舞的臂
是速的交錯，動的變幻
球與拍與桌面的撞擊，構成
急促的節奏，似機槍排排
在此長方型的戰場上響起
連綿不絕，激起重重回音

音響與動作，帶我進入深深的
冥思。朦朧朦朧中看見
大地竟縮成如此小小的桌面
人類在其上，撤去軍火武裝
僅以此銀丸為憑
釋所有紛爭，解一切差異
銀輝穿梭，銀光萬丈
氣象一片祥和

極刑

在破曉時分，我的朋友
在一次奪灘的戰役中，我的弟兄
倒下，忍受忽然而來的極刑——
血流改道，在腰際洶湧
太陽在體內燦開，照亮脊骨
在我的扶持下，他萎弱地告訴我：
「此刻天色真柔美，像娘的臉
　田裏不缺收，爹面上有難得的笑容
　看，童年在那裏招手，輕輕地、頻頻地……」

呼吸換不回呼吸，心跳激不動心跳
朋友，兄弟，就此別了？看
勳章掛在你胸前，彈片嵌在你胸中
哽在我喉頭，是嚎啕還是咆哮？

整整鋼盔，向前望
地平線是火藥引子
隨時能爆裂天地

涸

憤怒？悲傷？母親們
深沉的眼光，冷漠的眼情
那一張張木然的面，像一座座墓碑
即使在陽光下，依然冷冷森森
在懷中抽搐的孩子，是不是
這沉痾的社會，已把仇恨的病毒
在你體中種植傳播？
稚齡的孩子何辜？
為什麼連這唯一的依靠──
母懷的溫暖，亦強行奪去？

男人淌血，女人流淚，孩子
你是淌不出血也流不下淚了
孩子，你的童年
就以血的腥薰就，以淚的鹹醃成
而你一直渴望著的
擁緊母親時那股暖流

自髮梢透至趾尖那愛的滋潤
已乾涸於，母親那不是憤怒亦非悲傷
只是深深惘然的眼神中

奔跑

還記得，遙遠遙遠的
尋找安全與庇護的
奔跑
那時，母懷是終點
撲在裏面聽輕輕的呵責

轉眼間
已是少年又青年
奔跑，奔跑，熱血沸騰地奔跑
那是理想與希冀的追尋
雖然氣喘如牛，心裏卻甘甘甜甜

壯年而中年
奔跑並未中止
只是，步伐漸踉蹌
逃避多於追尋

而今已到了
把速度自鞋底擦掉的年齡
請忘記顛仆與跌蹶
請忘記逃避與追尋
可不要忘記把信心與希望
交予接棒的人

流亡

必須跑得比子彈快
你疲憊的腳才踏得上彼岸

都市隔夜醒來時發現自己竟已焦化
斷瓦頹垣把天空緊緊壓在下面
深埋著鳥屍的是雲朵還是泥巴？
頭頂上，一群群貪婪的蒼蠅嗡嗡著鐵翅
太陽在你灰瞳裏戰慄，月色殷紅
家，已被炮聲踩成鞋印

閉眼。千扇門在面前顯現，任你推出
千條路在身旁伸展，任你摸索
睜眼。門外路上圍著層層烙紅的鐵絲網
生存──原始的慾望
硬迫你去推開，去衝過
而今，你已出門已上路已抵達
這陌生的彼岸彼土彼邦

整副家當僅剩隨身這只包袱
即使戰爭跑得不比你快，不在彼岸等你
未來的歲月，是一排排殘暴的射手
每一個槍口都瞄準著你
你該如何突圍，拉住時間，把自尊搗碎
走入眾人的訕笑中，且完膚地出來

賣唱漢

就把這大街，拉奏成一條
洶湧的河，洶湧著
冷冰的淚與血，滔滔不絕地
流過兩岸的訕笑與鄙視
啼不住的不是猿聲，而是
沙啞的歌喉

自從鞋子忘卻了方向
褲管告別了鞋襪
在電桿木與廣告牌的森林裏
在摩天樓的墳場中
俯頭乃垂尾狗，仰首即折翅雀
逃也逃不出水門汀的迷陣
飛也飛不越重重的紅燈綠燈

就這樣拉也拉
弦緊，激怒了伯牙

弦鬆，尷尬了貝多芬
就這樣拉也拉
任憑仕女們的吆喝
抽痛萎縮了的自尊
即使偶有怒意，也像將熄的煙蒂
讓路人不經意地踩滅

就這樣拉也拉。把骨骼拉成琴
把全身的筋脈拉成弦
弦斷琴裂……

唐人區組曲（七首）

門

菲律賓馬尼拉市唐人區之入口處有三個紀念性的「菲中友誼門」、「親善門」與「團結門」。鑒於「凱旋門」有時亦譯成「勝利牌坊」，為了要求名稱與意義相配合，是不是應該把「門」字修改成別的名詞？

門，是不是
適於象徵
友誼、親善與團結？

有了門
就把內與外
劃分得
清清楚楚

況且
那是絕對中國式的
畫棟與飛簷

南北雙橋

　　唐人區主要街道「王彬街」有南北雙橋。橋雖稱
南北，事實上兩橋距離僅數步之遙，似彎曲著身段的
蒼龍。

弓著背是為了
載更多的重量？
還是
跨更寬的兩岸？

南橋與北橋
把唐人街連貫成一條
不張爪也不吐珠的
大蒼龍

默默地
讓車馬在背上踐踏

讓濁水在肚下流逝的
一條大蒼龍

雜誌攤

唐人區要主街道「王彬街」雖然不長，但街頭至街尾有雜誌攤及中小型書店十餘處。這並不意味旅菲華僑文化水準之高，卻表現出旅菲華僑思念祖國之切，因為絕大部分暢銷的都是報導祖國消息之報刊雜誌。

即使繁麗似花攤
卻缺少芬芳的氣息
縱然如此，也恒引來
一群群
饑渴的心靈

我也是一個
來搶購懷鄉病特效藥的
常客。且從不過問
為什麼
僅能治標，治不了本？

馬車

西班牙式雙輪的馬車，是唐人區主要交通工具之一。「賓士」與「福特」均為名牌汽車。「吉尼」是一種以吉普車改裝而成的小型客車。

倘若把這頗為古典的四蹄與雙輪
配上十八世紀西班牙式建築物的背景
即使是一幅靜止不動的畫面
也令人隱隱聽見
蹄聲、笑語
以及輕奏的梵啞鈴

只可惜，這古典的四蹄與雙輪
常夾在一九八一年的賓士與福特間
迎著橫來直往的吉尼和人群
遲緩地在熏人欲嘔的油埃中曳進
顯得更殘老、落伍與無能

僅在暴風雨來時
唐人街水漲如江河

才猛地想起，古典的它
遠勝現代如飛的四輪

華語戲院

　　唐人區有華語戲院數間，每逢佳片，觀者甚眾；放
映武打片時，甚至連聽不懂華語之菲律賓人亦被吸引前
來同賞。一代影后指林黛，唐山大兄指李小龍，兩人均
為紅極一時的影星，但兩人都不得善終。

李鳳姐與唐山大兄
梁祝戀與不了情
一代影后
從黃毛丫頭到黃土一坯
截拳道在這裏
踢翻了票房紀錄
也在這裏
翻白雙眼僵直雙腿

讀盡喜怒哀樂
看透悲歡離合
且莫論是功是過

說什麼也得承認
傳佈唐人文化
華語戲院，最最賣力

首飾店

　　小小的唐人區，竟開設有金鋪、首飾店、珠寶商數十家。這是象徵華人的富裕？還是令人詬病的奢侈之風的反映？

據說
只有富裕人家
才時常進出首飾店

據說
唐人皆富裕
不信，去唐人街數數
熙熙攘攘顧客盈門的
金鋪、首飾店、珠寶商
共有多少家？

忽然感到
綴滿金鋪首飾店的唐人街
是靜置在櫃檯裏
高價待沽的
一條綴滿珠寶的項鏈

諸神匯

　　華人宗教繁多，唐人區包羅了不同宗教的崇拜場所。但華人如執迷於窮奢極侈的劣習，則無論如何勤於禮佛事神，終有一天，唐人區亦將成為一悲慘之鬼域。

想必是神佛們所特殊鍾愛的
釋迦、基督、玉皇以及
夫子什麼，媽祖什麼
在此互道早安與晚安

詠詩聲繞繚如香煙
詠早了清晨又燒遲了黃昏
儘管語言繁複
姿勢互異

不謀而合的，該是
救世人度眾生的旨意

這神佛們特殊鍾愛的地區
將成淨土，成天國？
或是地獄，是鬼域？
端視你與我，心中修建的
是聖殿，還是屠場

【後記】《唐人區組曲》七首，完稿於一九八一年八月，鑒於海外詩人描
　　　　寫唐人區之佳作不少，為了不落他人糟粕，儘量選取菲律賓華人
　　　　區特有的題材來寫，希望能給予讀者較為新鮮的感覺。

第三輯

……門環鏽爛，然而我的指痕尚亮著
十年茫茫的敲門聲尚亮著……

馬尼拉灣

別吻我以溫柔的海風
馬尼拉灣的落霞，凝鑄著腥紅的夢
我不是詩人，不找靈感於此
只願從你疲乏的眸中，找尋以往的一切

新的建築雖飾你以美麗的外表
人們雖頌你以快樂的歌
十七年已逝，但記憶依然
你曾染過血，曾浮過爛屍
曾經炮火摧殘，曾淪落在敵人的鐵掌
而這新的裝飾，遮不了舊的創傷

於是我背海灣而立
構畫著永不能實現的
新的理想

理論與理論之間

讀完了遺書第廿八頁
　　　　　血濺在空際
　　　　　劍插在墓上
　　　十字架在顫抖
　　　聖靈在心裏
　　　　於是一切在一朵山茶花枯萎時消滅
　　有人在孤荒哭泣
　　有人把指頭劃破
　　　把唇咬裂
　　而世界看來是那麼渺小

當宇宙被困於腥紅的西敏寺的霧
在理論與理論之間
　　　　　有人選擇天堂
　　　　　有人選擇地獄……

幻覺

浮雕出我憂鬱的細紋，你纖纖的十指
在四月，東去的貿易風
　　　　必帶我的熱情，沒過多的重量

我的淚，不願換來你施捨的憐憫
疲乏的黎明
　　我是第一個把曙光納入詩中的人

多少春日，在我的眼底死去
厭於盲目的棲息，我欲抓一束這片刻的
　　愛的幻覺
　　　　──空洞且無邊

南方

錯落地飄了一個下午，你的笑聲
你的笑聲打我窗前而過啦
誰又把放蕩的秋風藏起，等待下一個春季呢？
而你說：還我記憶，還我昨夜小小的暈眩

以千萬疊影子的重量覆壓我
啊！南方，南方多霧多雨
我在你的沉默裏流浪
聽過去，你的腳步竟是疏落的歎息

說那是一片雲的懷念，是一載長長的張望
笑聲遂亂了，黃昏哭了，跫音遺落滿階
我的淚在南方成虹

病者

歸來了，病者，帶回兩片沒血色的唇
與一對失神的眼睛
唉，病者是悄悄地歸來了
沒有詩，沒有歌，沒有音樂
他踏過溪旁小徑，踏過長長的夕陽路
踏過楓葉腥紅的林間……

所以他老是這樣坐著，躺著，凝視著
滿天毫無詩意的星子
星子是睡了，很甜
星子是醒了，給病者以幾絲微笑
啊，病者有不安寧的夢
有喧鬧的心
還有，無力的臂，不能舉步的腿

所以他老是這樣坐著，躺著，凝視著
當秋風贈他以遠年的回憶
病者便這樣老去了，死去了，被遺忘了⋯⋯

晚年的沉思

輕敲著疲憊的心扉，我是被驅於感情的內疚
收斂了兒時的微笑，我是老去，老去在時間的走廊
黃昏是這樣倉惶地捲來，倉惶得像失了巢的燕子
而雪白的亂髮，被染紅於夕陽的絢燦
就獨坐在這裏，咀嚼著一瓣黃昏的逝去
哎，老了，而晚年卻不似落霞的燦紅

吻著一杯苦澀，找不到印在這裏的童年足跡
以平凡的筆觸，構畫一段平凡的生命
我的雙足已倦怠，不再走那希望的路途
搖晃的燭光，僅照出瘦削的輪廓
嫉妒已離我遠去，遠去至未知的歲月
但悲哀彷彿又這樣襲來
襲我傾塌的心靈
夠了，別再焚我以悲哀，因生命僅剩這絲毫的短促

從幼稚的瞳裏，窺見了兒童的神秘
那裏沒有苦悶，更沒有憂鬱
而它是這樣分解我支離的軀體
啊，到了生命將盡，才想唱那未成年的歌

齒痕

踏過了聖潔的心葉，我歸來，且懺悔
以懦怯的手指，彈出懦怯的音樂
冷峻的峰頂有人高唱，唱出永不能惦記的歌聲
然而那軀殼已腐爛，更有青色的蟲在斟飲靈魂

關於這些，我總不願給它們飄落在我的記憶裏
但思維總這樣顫慄，焚毀不了
啊，三月多雨，煙霧重隔
陰影是一層一層，而一層濃於一層

迷惘裏，我狂飲著誘惑的酒
無辜的生命，又無端地消逝幾瓣
儘管殘燼揚起，灰塵籠罩
剩下的只是永恆的寂寞

現在已沒有呻吟，就使在更靜悄的夜裏也聽不到
但也沒有人相信真理，像我不相信有良心的存在

無知，你不嫌歲月殷紅
更無視魔爪恣意割食你的幽魂

雖然神秘還存在，但昔日的感情不再
薔薇不枯，玫瑰不萎，楓葉不落
這兒有花環，有人哭泣
更有墓碑豎立，讓時間印下它無跡的齒痕

四行

愛看寒風裏飄雪的熱帶女郎，已回來
說她的遭遇，像一場暗藍色的噩夢

然而我卻把開靈魂之鎖的鑰匙，遺忘在另一個夢境
僅以苦澀的喉，唱一曲失去了旋律的歌

告別

我無忌地彈起那已鏽的七弦琴
再也不珍惜晚園的落紅

我告訴她，我將要向她告別
且告別囚籠中的時間、荒原裏的歲月
而翩飛於我的信仰裏，找覓那神秘的旋律⋯⋯

冷漠

病態的驚異，當昔日的小伴侶
把記憶的灰燼，撒落
                    在我家的窗檻

而我並不貪圖這一刻匆促的溫存啊！
牧笛太短，吹不亮懷念的星星

短曲

搖落無數星星，海洋的故事是頗鹹味的
這是楓葉腥紅的季節，圓舞者不知微笑的意義

而九月的氣息很藍，夢很冷
　　詩的靈感粉碎，影子太忙碌
　　驚怯裏，踱走了許多黃昏……

暮色

有人打風哨中走來，袖裏滿是暮色
穿過了寂寞的回廊，廊外遺下一個沉鬱的黃昏

他偏不愛這飾著落英的綠窗
僅無語地立在欄前，數一季遠山的煙雨……

感覺

　　落楓的季節，夢作無極的延長
　　　　影子被遺忘，希望編織著美麗的謊言

　　劃一根火柴，我頓感到
　　　　　　它濃黃的生命
　　　　像我，短促且悲哀……

秋

飄落我階，又是昔日斜暉的殘紅
你的睫窗推開，一窗儘是秋意
攀牆花爬上了髮梢，唉
空庭沉寂，沉寂一如古老的城樓

以淚喚你
張望者已去
你是秋，你是八月的暮鐘
你是裸足的女孩
──用足尖在沙灘上寫下相思

而秋將盡，秋正寂寞
啄木鳥啄碎鳳凰木上的日影
鞋聲都過了小橋
你踏彩雲而去，把離別注在每滴淚珠中

飲

飲妳的寂寞，飲你回憶時的痛楚
我是愛酗酒的浪子
——恣意地飲妳的美

縶一夜的星光於妳的辮梢
髮香流過了天窗，流過我的等待
我的雙臂長滿蘆葦
我們的小舟已淺擱久久

妳的笛無孔，妳的歌無聲
妳的手掌是花，是葉
遮掩了我去春的顫慄
而廊廡寂寂，影子刻在每株秋草上
凌亂的步履踩散了妳低低的私語

而廊廡寂寂。廊廡沉沉
我飲盡了靜謐
　飲盡了妳

風屑

喚妳漸去的步履
淚珠落在黃昏旁，落在荒塚上
可憐的茉茜
無邪的笑隱在鏡後
妳數不幸如數念珠

微愁的影子蔽去了妳，蔽去了妳的寂寞
妳愧對夜煙裏那含情的眸
葉子下長滿暴雲，秋駐在陌生人的煙斗裏

夜來的鳶們啄去了妳童貞
而煙花濃濃，煙花重重
蹄鈴響在春宵，響在苦楚的階前
妳依窗張望，獵花人隨星蹤而來
總在妳的笑聲裏留下許多爪痕

可憐的茱茜
妳僅拾回了粉盒裏無聲的哭
　僅拾回了一夜間遺落的風屑……

溢酒的黃昏

如何飲下黃昏
如何吻你眼眶上昔日的泣痕
柵外花謝、葉落
我是騎馬遠來的陌生者
蹄聲寂止時，伸手
拾你遺失的笑聲

以我的唇愛你
我們同是出岫的彩雲，輕忽、易散
撥去了你頰上的髮絲，頰上軟軟的春意
我是早熟的陌生者
我飲酒，我飲黃昏

寫你淒淒的眼神以二月的夕暉
蟬聲放肆，一陣風把我歸還給自己
我以沉默叫你的小名
以筷尖夾起你的衝動

而黃昏竟斟得太滿
陌生者已睡，陌生者像黃昏
老得太快太美麗

贈

驟然而來，偏首望我的女孩
她走進荒林
走進我的肺葉

影子流去，昨日的孤獨流去
流向我灼傷的下唇
你填補了我的每一方空白
以足音，以耳環的叮噹
以九月午後一串的笑聲

立於易滅的夜色下
你是冬夜的茅屋，讓我投宿
讓我溫暖我的名字
讓我在你的眼波裏笑落一個春天

而秋虹繞你，水聲繞你
你的噓息是霧，掩去一街的寒意

你不用尋找，我在這兒
我的企望透明像你的
在每頁被撕碎的記憶中
我的步履印上你的長睫

啟開了你的沉默，你是偏首望我的女孩
你是以眸光伴我的人
在九月的午後，在一串的笑聲中

落雲

雲全落了，黃昏的影太深
霞煙斷處，低風繫住了蕭條的秋色
在晚廊下以醉意迎客，客人歸自無星的谷地
把疏落的蹄聲掛在我家窗前

敲響簾外季節的憂鬱
星月熄盡，微燭把你修美的側影嵌在東牆
你是笑時的茉莉，歌聲在你的足趾下
如何你把沉思揮霍
在絲帕題上Love me tender
如何我在掌心寫著你的小名，且把
一個下午的愁裝在上衣口袋裏

描你的眸以遠去的風塵
記取你的倔強，我的迷失
讓我以晚秋的寂寞困你，困你的睡姿

困你美麗的蒼白
困你笑渦裏煊耀的昔日

雲全落了，彩夢已凋零
客人在繁花謝盡時浴風遠去
長廊冷清，我仰望一月的夜空
淒然，淒然，一片淒然……

落月

眉宇棲滿寂寞
唇間落滿鼓聲
藏萬籟於一啤酒瓶中
我來，自混沌裏
有淚似海
在眼中瀚浩

拂去欄上的積塵，積塵如雪
如心中疊疊層層的愁苦
黃昏豪華如往昔
在羞怯裏，以耳語糾纏你
以寧靜困我

一頰垂淚，兩睫風霜
小提琴的迴韻
古典了夜色

偶憶起你纖巧的影姿，潛在的音容
以及笑時的美

江河北去，風聲北去
你的名字是不凋的鮮花
在落月之前
在落月之後
你是紋在我胸膛
不凋的茉莉

風雪

血淌在右肩
妳的蒼白佔據了我
風雪在雲外，風雪在季節之後
歲月老去的姿容難以描摹
我的寂寞難以描摹

以二月午後的影子馴服了我
以淚割我，讓我
雕每個晨暮的鐘聲在你階前

你是黃昏，是斷崖前一朵無名的黃花
是飛禽明豔的彩羽
是我炫爛我自己的驕傲

歌聲撕破了蔽窗的秋色
身披一夜月光

踽踽步過，步過一湖倒影
步過你明淨的心

血淌在右肩
右肩捱受整冬的嚴寒

右肩有虹，有星
有妳的目光
——自孤寂中顯出又逝於孤寂中

焰

自火中來，火在你瞳中
你牛飲一罈陳年的愛

月色寫在青煙上
影子以無聲的步履移去了你
不因受傷而流血，你是雍容的戰士
簷滴如蹄聲
踏過你的寂寞
面上留著小丑的笑痕
你的心是殘堡
青石砌成你的背影

仰首望五色的長空
啟航向茫然的北
你是紋身的鮫人，是水族
是一夜大海的狂濤

記憶是透明的秋色，塗在風外
忍不住要狂笑時
你需要風沙
需要一些被鞭韃的往事
需要柔柔的笑靨，熱熱的吻

你自火中來
火在你的瞳中……

拾霞人・集雲人

那些月光，那些雨
那些偶爾踩散落葉的風
那些日子，彩雲的日子
說你是集雲的人，一揮手
彩雲便翩翩入你的雙袖

記起昨日，你的詩是三月的雲
你的三月是我的詩
我自煙雨中醒來，眯著眼
看赤繩如此繫住你去秋的右足
我在煙雨中醉去，夢見你
如此在我胸臆間佈滿棋子
如此圍困我，食盡我的感傷

如此，你裸足自我掌心奔過
奔過十里紅塵
（逃出淒涼的前生，逃向淒涼的後世）

畢竟是詩，畢竟是無情的時間
如此，如此緊鎖你的柴扉
日萎，霞枯
門環鏽爛，然而我的指痕尚亮著
十年茫茫的敲門聲尚亮著

潮在雲外洶湧
有人無依地哭泣，淚花灑落
在夢土上幻成千朵罌粟
千朵罌粟，一朵是一夜的心蕩

潮在雲外靜默
拾霞人騎馬漠漠行過紅沙地
回首時，已是鐘聲滿空
暮色棲林，拾霞人披一身孤寂離去……

秋燼

說八月貼滿你的影子
水聲在西，在風外
彩虹下，刻你的名字在左手無名指上
夜色映你，談玄者已乘風而去
今夕，聲音在聲音裏沉默
　　　我在你的擁抱裏沉默

唇畔飾滿音樂
你來，以跫音搖醒我的回憶
笑聲遂疏沉
落鎖的柵外，笛韻隨去春的杜鵑凋盡

從髮叢間匆匆穿過
我們以蹄聲寫詩
　　　以口哨數你的睫
獨自飲你修美的身姿

你是酒，是不飛的蝶
是一夜間焚燃起來的星屑

眉間是一個節日的悼念
紅葉下，以月光織披肩贈我
你的眼神是山南一段彎曲的碎石路
我騎馬流浪
黃昏在馬背上抽搐

記住你的誓約
讓蕭條的傷感在雲前小立
風雨不來，沙灘上滿是足印
你兜售著笑

我去我們熟悉的街道上漂泊
骨灰傷了我的雙眼
我把醉意拋在你家門前
然後整裝離去
去向濤聲喧囂的遠方……

焚星人

說你是秋，說秋暈自我睫間泛起
濤聲穿簾而入，入我的詩
晚鐘把往事雕在我家門檻時
你順流而至，西風搧去了你的寂寞

把天河紋上你的雙臂
在紅牆上繪畫你的沉思
聽你嘻笑，斟你的風雅與文靜
你是年輕的雲，你
依然是愛流淚的女孩

依然是愛流淚的女孩
風影掩蔽了你
在多霧的夜裏，在三更時分
你悄悄地築成了戀的新墳
且在墓碑上刻下昔日的放蕩

自重疊的彩虹下步出
我的醉意向東
以歌聲在枯上畫你迷人的笑渦
除落霞之外，塵埃將是
最香醇的美酒

子夜裏
我是焚星的浪子
我醉酒，我弓身
我愛漂流

而星燼紛飛
在我的笑聲中錯落……

藍塵

棄你的眼睛在火中
埋你的披肩在南方
漂泊者，在潮來的夜裏飲盡你的童年
風泣的日子
記憶是多彩的落霞
多彩地只屬於我詩裏的黃昏

踩散了階前的惘然
客人自醉酒的遠道來
以耳語點燃了你柏上紅燭
你就知道，那時窗外是星雨濛濛
窗內泣聲淒淒，霧從你的笑渦間消逝

夜是遲歸的賭客，從我的杯緣踏過
扇折裏是去秋的低歎
不喜上露臺的少女哪
你左手上竟亮著我心顫的次數

剪去你寂寞的影，剪去你的春愁
剪去你一個日午的不安
這季節好靜，沒有人頻頻叩響你的柴扉
只有我，我是喜愛恣意談戀愛的少年
愛談你唇間的蠱惑，你的不忠實
愛輕輕敲碎你的堅貞

眉梢撒滿閃爍的星光
你以笑聲迫我讀你眸中的放蕩
夜宴已在酩酊裏散了
只你的歌聲與長髮遺在階前

只沉默遺著
在暈眩中，在夢裏，我
悵然看你揚起藍塵
看你的背影悄然逝去⋯⋯

秋潮

向南來，秋潮洶湧
異鄉人埋入異鄉的風景裏

你以十指彈出秋色
天籟在弦上，天籟在昨日
昨日空曠似青空
似濛濛山雨
在你睫下依稀

你去時，蹄聲都落入杯中
每片紅磚刻上了你的豪語
秋色，秋色，秋色如霜
我以一束笑聲沽酒
沽一小樓燈熄的夜
燈熄的夜，燈熄的夜
我的酩酊是詩，是畫
是樓外的風，守著樓內的孤獨

一江蘆花掩去一江秋水
掩去渡江的寒月
讓我握住你彼岸的手
蘭岩上鶴唳淒然
你去，你去
你的淚向東流去
你蓄髮的昨日向東流去

虹下十里
白水青山是你，沙塵是你
廢墟斷牆是你
蒼苔長滿了臉面
曾蔽去了你幾許的哀涼？
菩提、明鏡
明鏡、菩提
無樹，無台，無漫漫的歲月
你是波下之波，浪下之浪
海下之大海

飲著蕭瑟的十月
飲著小寐初醒的朦朧

昨夕，昨夕
梧桐葉繁如星子
飄飄零零落入我的掌心
今日，今日
關外是一片暮色蒼茫，關內
任晚霞叩響黃昏
我們相對，隔一季悵惘
我們啞然，看秋潮洶湧南來
看每個落拓的異鄉人
悄悄地埋入異鄉的風景裏

雲渡

港以晨霧回憶
我以星光回憶
黑色的季節，馬蹄自
縹渺中來
跨過萬里天橋
七星悄然踏我的前額而去

如何揮霍僅剩的笑意
思念是凜冽的風
　　吹散了一階醉
你的誓言是風
我撥風而入

宛如晨暮鐘鼓，敲碎一山沉寂
你的笑聲在我心中刻碑
四月，四月如水
你的記憶依稀，海

海在我眼中
海在異鄉人一揖一揖間

月蝕之夜
莫以星爐的微光照我
你的夢完整
我的茫茫
而你是風
我是煙，是雲
是灘上落拓的異鄉人

看影子疊成高牆
歲月踩過我的灰瞳
在江畔塑你的錯誤
　　　雕我的憤怒
我有滿面疲困
滿面迷惑

去籬邊摘取半朵春天
讀荒林明滅的野火
何種噪音如你的喊聲

我在沙土裏找尋遺失的陽光
在鏡前找我

亦如昔日
你的焦慮是秋雨
　　　　　　秋雨的淅瀝
我以愁鬱換取你的辛酸
以一季紅葉自圍

秋自你的胸脯跌落
我的心軟如雲
　　　你的冷如雪
埋戰慄的肉體於後園
我將渡雲而去
落寞地織起一岸黃昏

港以晨霧回憶
我以星光回憶
黑色的季節過後
我將渡雲而去

虹音

自風塵中燃起，自海中燃起
自漂泊者骨髓中燃起了
愛

在深夜裏索念你寂寞的心
你瞳中滿是冷淒的暮色
青煙蹀入我家後園
我的茉莉
你蹀入我的心中

拂去你頰上的星屑
讓我吻你，茉莉，你是我的
你的笑渦裏有我昔日的淚珠
而秋雨如泣，唯你擁我
我以雕刀在你心上刻我孤寂的雙眸
　　　　在我心上刻你的小名

以無名指在我的額劃上你的企望

讓我的呼吸在你的長睫上流浪
　　　　在你的笑渦中流浪
茉莉，入我懷，入我心
你不是影子，你是我的，你是
向我低低耳語的茉莉

你是向我低低耳語的茉莉
你是傷感的雲，你是蕭條的黃昏
你是驀然亮在我夢裏微愁的面影
你是一陣風，掃淨了堆積在我心中的落葉
你是萬籟，你是困我的樊籠
你是燃起晶晶淚影的少女
你是我的，茉莉，你是我的

說你是愛在夕階上低數笑語的女孩
說你善變一如西天的晚霞
說我是浪子，說我酗酒且無情
蹄聲去時，十把鋒利的匕首插在我淌血的胸
千年之後，你躡足走過我的墳前
月色殘留在你臉上
　　　　你逆風走入霧中

不安的是南來的風季
門外，留在青苔上的不是熟悉的足印
大理石階沒有造訪的跫音
你的笑聲似歎息
飄進每個骷髏的耳中

醺醺的夜裏，憶念晃然而來
在你雙唇間繪上千山萬水
蓬髮的女孩，你從小路盡處來
你殘踏著我空淒的心
你是茉莉，你是
我用吻酒的唇吻你的茉莉

夜臨時
剪碎了你的影，貼在我的胸膛
在菩提樹下，你給我以溫柔
給我笑聲以下酒
茉莉，我是盜虹的人
　　　　盜去你眸中的彩虹
　　　　盜去你心中的彩虹

以啤酒杯滿裝你的過失
開懷痛飲你的不忠實
星雨滂沱的夜晚
你在我臂彎裏以熱吻抗議我的放肆

贈你以詩，贈你以馬蹄聲
贈你以攀牆花的足步
贈你以西窗斜斜的日影
贈你以去秋的憂鬱
　　茉莉，你是我的，我將
贈你以我的魂魄

聽見彩虹穿過薄雲投來後細碎的聲息
聽見你眼波投來時細碎的回響
聽見彩虹下低低的私語
聽見叮叮的鈴鐺，聽見深夜顫抖的高音
聽見唇間的喃喃，馬蹄東去的答答
聽見我茉莉的笑……
我便知曉，這襲我而來的
　　這喧嘩的，必是
虹音

這是虹音
永恆響在茉莉與我凝視間的
虹音

莫名

　　那種莫名的憂慮──醜陋的──佔有
問題的所有答案
　　　　　　　那種無知而尖銳的衝突
　　　令人悲哀　令人感到
　　朦朧及痛苦　令人感到
　　　　　　一點冷漠的美
　　　　　　一點不成熟　以及
急馳而過的犯罪感與過敏的羞恥心

序曲

我聽見哭聲。風摔碎在斜坡上
我聽見哭聲。苦旱裏痙攣的根鬚努力伸向海洋
我聽見哭聲。龜裂的泥土露出了新棺
我聽見哭聲。饑餓鏗然落在餐盤中
我聽見哭聲。潮退後屋頂紅瓦凝著晶晶的鹽
我聽見哭聲。千排廊柱一瞬間陷入地層
我聽見哭聲。另一次臍帶與胎盤的爭執

我聽見哭聲
我聽見在一根遺失了音調的弦上彈出的自己

光榮

光榮，常似涼臺上一杯隔夜的冷酒
混和著昨夜晚的危機與寒露
忘川之水啊！誰又把尊嚴到處揮霍？

他們以不可觸及的聲音去宣揚死亡的哲學
以嘲弄虜獲對方的失敗
拭去了鏡子中被誘惑的痕跡，守候者
乃在一盆烈火裏去接受光榮的浸洗禮

而諛詞總在滿足之後滑落
光榮成為一幕不長不短的悲劇
倘以影子的長度去推測夜的重量
便沒有人再為無意的施捨作無意的祝福

觸及

某種溫柔與痛苦　觸及
某種空虛　　　　觸及
某種啜泣與嗚咽　觸及
某種寂寞　　　　觸及
某種焦慮與難過　觸及
某種茫然　　　　觸及
某種訝異與傲慢　觸及

我將觸及　喧嘩後的痙攣
我將觸及　調戲後的顫慄
我將觸及　狂歡後的孱弱

給以答復：是一些動作的重複
給以答復：是一些迷惑的死亡

作品

企圖以影子解釋自己，以幻覺證實生命
那人，以一襲褻衣蒙面
在音樂與燭光中，撩起一場小小的糾紛

穀倉裏，饑餓的靈魂爭食著最後的一粟
一片剃刀，一朵剛折下的玫瑰，都是一種存在
都是可觸的實質，可捏的物體
昨日，你可聽見穀倉裏淒慘的狂笑？
可聽見剃刀片的哭泣？玫瑰的自語？
而那將緊緊撐著你，在土牆與屍灰之間

如果你懂得如何賄賂時間，向歲月獻媚
墓碑上的字跡會漸漸隱去
像去冬的嚴寒逝自今年的初春……

慾

頓察到繁殖在我們感覺之間的是一叢慾
生命以另一副容顏面對我。夜
　　夜的眼神冷冷

或起因於微醺後偶然的錯誤
讓貪婪去衡量隱傷與悲痛
誰為悲劇播種？將剩下的憂慮飲盡？

也許能越過夜，能再一次縱容自己的驕橫
而死亡將是一種美妙的姿勢
緊緊擁抱著你與我

如果我們以怒色掩去羞辱
捨棄一部份歲月遺留給我們的清醒
我們的慾望便像一堆骯髒的褻衣
在時間的長廊中高高地堵積著……

感覺裏

竟忘記自己的膚色，名字在劣巷裏出售的人
你的笑聲如刺藤，繞住整個下午的寂靜
當饑餓在倉廩裏嬉戲
　　　　在路上人的喉底嘶喊
你便把臉面埋在影子影子影子中

（某植物總如此，綠而綠得毫無意義）

在蒼白與祈求間，我們都是緊握著昨日的人
在十字架與慾望間
　　　　　　沒有人相信上帝

而明日是一口棺，是骷髏眼中的冷
　　　　　　是焚化後飛揚的屍灰
　當歲月在我們之間植下繁多的憂慮
　太陽以它的光丈量我們的微笑

你只知道，如何把時間貼在鐘擺上
　　如何毒死一個黃昏
以及，黃昏後的寂寥

贖

在喜劇的邊緣，誰以一襲黑衣掩蓋太陽？
那光企圖透過，像你企圖越過夜
一粒麥子的下播，是一種難以猜測的表徵
陰雨日，我們便為自己的靈魂舉行葬禮

迸裂的血膚裏，你我將訝然發現
真理只是美麗的謊言
而你效忠於愚昧的信仰，盜墓者
常在冬塚中掘得夏日的炎熱

在鮮花與骨灰之間，我們的夢是去年的虹
為著等待一個贖罪的機會
我們的血總塗滿秋林的墓碑
向一低級的哺乳動物示愛
死亡便沿著我們的脊椎襲擊腦袋

此地鳥屍是惟一的祭品
在遺像之下，你將看見祖先眼中射出的怒色
你的臂上佈滿齒痕，體裏儘是灼傷

而春夜，你的眼睛是大戈壁沙漠
關節裏隱有昨日的悲痛，年代以左目視你
假若鏽爛的釘子能夠表達愛情
你就該把那襲黑衣掛在上面，高高地……

生存

生存是荒謬的，在歲月的激流中
　　是蒼白的屍首緩慢的腐蝕
　　棺蓋之下，另一股性命正冉冉升起

寄生著黑色的憤怒，我們再也懶於尋找
　　　屬於自己的憔悴，屬於自己的悲哀
而純潔；純潔只是字典裏一個發光的名詞
我們常花費了一個狂歡的下午
　　為死去的人格服喪

去笑，去哭，去聽臨死者低低的嘶喊
去假裝時髦，去嗅泥土裏春天的氣味
　　你嘲笑一切而又被嘲笑於一切
　　你以軀殼為祭品，你駐足在死亡的階前
　　你買夢、買時間、買靈魂小小的顫慄
　　你覓不到自己……

除了死，什麼都不是真實
　　　夜、霓虹、潛意識與遺言
　　而預感是風，是寫在水裏的數目字
　　　當道德在席褥間被昨夜的重量壓扁
　　　當一個遠行僧迷失在黑森林裏
　　　當他流盡沒顏色的血，當他垂下頭死去
你便再去呷妓女的醋，去與病菌肉搏
　　　去廉價出售罪惡，嚼爛發酸味的文化
你便瞭解這是生活
　　　殘缺的生活
　　　揉皺了的生活
　　　我們以夜色浸溺自己
　　　　以謊言安慰自己

那是春天突來的痙攣，慾念很單薄
在燦爛的曙光中，慾念很單薄
　　　你以染血的手，帶著聖經去散步
　　　在額頭劃著十字，你走進教堂
　　上帝！上帝在你眼中只是魔鬼的同類
　　　當人們握著整疊的慈悲與仁憫沿街分發
太陽背後藏著羞辱，時代以濃血洗面

我們聽見歲月的喘息
　　　聽見每一聲絕望的狂呼
許多人湧向死亡谷，許多人從那裏回來
他們給我們講了很多危險的經歷
（關於殘虐的官能，關於被踩躪的官能）
下回不知誰將被恐怖襲擊
　　　不知誰將嘩笑，誰將沉默
　　　　　　誰將把哭泣掛滿牢獄的鐵窗

猶如焚城後不尋常的死寂
訕笑便停留在牙縫間，等待躍起
你是屬於不流淚的動物，樂意於接受虐待
你以一幕悲劇詮釋自己
　　　在挽聯上寫你骯髒的名字
　　呻吟裏面，你是一隻分食慾望的野獸

某種聲息與動作將激動你不潔的血液
你便去紅燈之間享受一夜溫馨的纏綿
吐禮教的渣滓於枕褥上，你活著
　　　你打著領結，你穿著褲子
　　　你有易於激動的血液

同情不過是副偽善的笑臉
　　他們慣於用微笑殺人，慣於用冷眼謀刺
　　於是你以烈火點燃頭髮
　　　點燃指甲，點燃你萎縮的心。第一年
　你的墳前站滿哭著沒有感情之哭的人群
　第二年；墓石上佈著一些時間的疤痕
沒有人再慷慨地為你的不存在而灑一滴眼淚
春天大腳踢著你枯乾了的骨骸

在九月，什麼都標上價目
　　陽光、信仰、真理與藝術
　　以及女人，穿得很少的女人
　　　愛被路人注目與吹口哨的女人
　　以及希望，以及愛情……

而我們向碎裂的腦袋索取靈感
而我們努力地抓住塵埃裏的記憶
而我們感激良心給我們的小小寬容

而這是生存，寫在盲者眼珠的生存
　一切都屬於你；一切都不屬於你

　　一切都是奇蹟；一切都不是奇蹟
思想是潮濕的，沒有人真正看見自己的影子
晚露在葉尖守住了長長的一夜
　　　　　天亮時卻必須死去
星子們為殞落的同伴射下更多哀悼的冷輝

而這是生存，神經質的生存
　飲下午茶，笑不知為什麼而笑的笑
　沒目標地工作，沒原因地搏鬥
而這是生存，發腐味的生存

而這是生存，貪婪得像昨夜血紅的雙眼
在餐桌上我們啃嚼自己的胸骨
以今晨的痛苦液化靈魂，且飲下
讓微醺後的雙眼去描畫明日的歡樂

而這是生存
沒有誰能夠解釋的生存

第四輯

……每一回，總聽見許多許多我們我們的哭泣。

蘆花

　　每星期必數次馳過那兩旁長滿蘆草的公路，不是
三兩分鐘的路程，而是令我神往且陶醉的十幾
分鐘。

　　那是九月蘆花盛開的季節，晨曦中的路旁，是一
列列不斷的明亮燈籠；夕陽中，路旁是數不盡焚
燃著的火把。

　　不知為什麼，忽而記起某雜誌封面上萬人燭光追
悼會的圖面。燭光追悼會！是不是能蘆花般一年
一度在人們眼中呈現？

鉸鏈

門推開。門關閉。推開。關閉。每一回，總聽見那淒然的哀號，像層層噩夢般的重壓，令人顫慄，令人不禁地同情著這一群可憐的傢夥——鉸鏈——不與門爭奪其光輝與榮耀卻肩負著整扇門之重量的，只有它們存在，門才成其為門的——鉸鏈。

門推開。門關閉。推開。關閉。每一回，總聽見許多許多我們我們的哭泣。

清晨偶得

太陽照在尚亮著的檯燈上,時間是清晨六時三十分。

六時三十分的太陽光,透過花紋窗射進房間,在牆角的小書桌上複印著昨夜的月光;此時,窗外的街景正在蘇醒,有些叫賣聲讓厚厚的窗玻璃過濾後,就像公寓外污水溝低低的喘息,不絕地在那裏呻吟。

桌子上的紅酒瓶半空了它凸凸的肚子,該有點嘔吐的感覺吧,所幸的是昨夜乾杯再乾杯間哼著小調的喉音,已被窗外遊蕩著的夜色唱和了。

停駐在桌沿的眼鏡與墨筆,似要控訴它們讀過、寫過了百載間讓色彩塗染了江海山河的那種悲痛與哀傷,也好似要表達,唯有藍天綠地的明日,才足以讓千年來厚積著的苦難,不再刺痛遊子的心。

剖

柱子都是雕花的，且抹漆絢麗。以夾板築成的四壁均貼上洋製花紙，裝上吸音磚及塑膠燈飾的天花板柔和了四周的氣氛，紅木地面更烘得滿室盈然的春意。「可惜、可惜」。老木匠領著他的助手無可奈何地望著我。

撕下夾板的一刹那，我們都怔住了——密密麻麻蠕蠕而動令人作嘔的白蟻群，竟蝕蛀了整個框架！「裝回它！裝回它！」我極力而嘶，因為我不忍、不忍多看一眼，那忽然呈現在眼前的被剖解了的我自己！

最後一次

「這將是最後一次!」那人說。「我曾把驟雨後
空曠的原野添上了一群群綿羊;把山谷中最後的
一朵野花也催開;把初戀少女的雙頰抹上了紅暈
………但這一切將成為過去,因為,這將是最後
一次!」當奏琴的人發現他僅僅是一個在自己與
人們心中幻覺的創造者時,他毅然放下那把琴,
頭也不回地向前闊步走去,更不在意那瑟縮在牆
角的小孩,偷偷地拾起那把琴

＊　　　＊　　　＊

時間是幾十年後一個秋日的黃昏,那人已從青年
走到壯年,從壯年走到老年。尚未感到老年人應
有衰退感的他,走回了那個養育過他人生初階的
小城。踏著熟悉的碎石路上自己長長的影子,他
訝然地聽到一陣比碎石路上的跫更熟悉的琴聲,
發自一把比琴聲更熟悉陳舊的琴。

　　琴聲終於停止了。「先生，請賞賜……」奏琴的人低下頭顱低聲地說：「因為……這將是最後一次……」

窗景

這多麼熟悉的畫面。屋蓋。褐色的屋蓋，鏽腐了的屋蓋，深與淺灰的屋蓋。層層疊疊重重複複的組成，極其厭倦的單調構圖。雨季來臨，便像一座座破舊的鋼琴任憑風雨彈奏，哭泣的鍵不斷傳播嗚咽令人心煩的噪音。單調的色彩，單調的構圖，單調的音聲，如此單調的我的窗。

忽然飛起鴿群，打破了這超重的沉寂，整個窗景活躍起來！即使僅是這麼一剎那，不管是多麼渺小、短暫，啊！生命，你的力量無窮無限！

廢棄的溪床

枯葉浮在流泉上，漂游在廢棄的溪床上，時間成
為天空的反影，映現如一面發亮的鏡子；溪底每
一粒乾癟的沙礫，穿越林間濃密的草叢；石子被
石子踩踏而成岩層，一切喧囂忽地靜止如凝固的
呼吸。

風吹過，這是一個讓你我留戀的時刻，可以看到
我們面上浮現著白雪紛飛的景象；往事似古樸的
鐘聲流過你我的脖子，沿胸而下，昨日已片片融
化在彼此的對視中。

耳際還有風，是愜意的午後，看枯葉順流而
下，漂游在廢棄的溪床，在大地的掌紋上留下了
亮麗。

在廢棄的溪床上漂游的枯葉，風吹它不動，只有
往事能讓它奔流千里……

年輪

據說，從年輪可以知道樹的年齡。但要看樹的年齡，可必須先把樹給砍下來。

砍下來的樹，它的年輪就不再增加了。

那是一個炎熱的午後，在路經某村落的小木材店時，我眼前忽地一亮——一段被砍下的樹，躺在一堆也是被屠殺的同類中；這一段被砍下來的樹，有一圈圈令人注目明亮的年輪。一圈一圈顏色從淺黃到深棕的年輪，像一個被剖開心臟的勇士，雖然血已流盡，但心臟尚在那裏輕輕地顫動著。

輕輕地，輕得只有在啄木鳥都不再喧嘩的午後，才聽得見它的心臟輕輕顫動的聲音。

我不禁俯下身細細地端詳著它，並悄悄地數著它的年輪——十二圈！是的，僅僅十二歲的勇士呀！這麼年輕的勇士呀！您今天雖然躺在這裏讓時間慢慢地在身上渡過，但明天呢？

明天！明天您可能在熊熊烈火的爐中，讓年輕的生命，從世上昇華而無蹤！

燒肉粽

有著受欺騙的感覺，當我從賣燒肉粽的老婦人手中，接到了兩個僅剩微溫的粽子。攝氏五度的夜空裏，冰冷的風吹著冰冷的雨絲。借著窗外的微光，我瞥見裝粽子的籮中，還滿盛著大約都剩下微溫的粽子。

粽子在我手中忽然熱燙起來，我奔著似的逃回屋中。攝氏五度的夜空裏，冰冷的風吹著冰冷的雨絲。粽子在我手中越來越沉重，我發覺，手中拿著的已不是粽子，而是老婦人的一生。

「人」
——夜觀電視國際新聞後

我必須立即關熄螢光屏，因為我感到眼眶濡濕，
且視覺模糊。

據說是暴徒、據說是縱火者、據說是……的那幾
個「人」。他們都很年輕，都屬於那應該是美好
得令人心悸的年齡。他們，其中可能有一個是不
能再見到他繈褓中嬰兒的慈父，可能有一個是有
著將永遠期待他在夢中歸去的妻子之丈夫，可能
有一個是……但，肯定的，他們必是哪一對即將
被割去骨肉不幸的父母親的兒子。

在這個排演著史無前例大悲劇的舞臺上，他們，
僅僅是眾多眾多角色中較突出的幾個。在這個
舞臺上，「人」的尊嚴已被殘踏得不復存在，
「人」，只是一堆支離碎折的骸骨。

遠遠地，有這麼一個聲音響起：「地火在地下運行、奔突：熔岩一旦噴出，將燒盡一切野草以及喬木……」^(註)

【註】魯迅：「野草」

中圍人

你們存在著——沒有手臂卻要擷取行星，沒有足踝卻執意奔跑，沒有咽喉卻大聲吶喚，沒有眼睛卻永遠眺望未來。

你們存在著——在紅旗招展的歲月裏你們生長；在紅旗招展的大地上，你們獻出更為鮮紅的心；在紅旗招展的廣場中，你們被剎那的巨響壓入地層……

就這樣，你們成為尋找河道奔突的暗流，成為醞釀著光與力的熱能。

我在這裏，我與你們已熔為一體——如果是一艘船，我已把陸地交給海；如果是海，我已把澎湃交給風；如果是風，我已把溫柔與狂暴交給了歲月。

因為，我們是一群永遠流浪的中圍人！

小丑

預先約定的，我與那小丑留下等待最後一個觀眾離場。

此時四周有逼人的蕭條與淒涼的氣氛。該是我攝就一幅感人佳作之時刻到來了，我想。於是，在我的擺佈下，一張又一張，我要他把那種「小丑的悲哀」、「笑臉後的淚眼」、「曲終人散盡」……的神情，一一表露在我的觀景框中。一張又一張，直到我滿意又滿足。

我把鈔票插入他寬大上衣的口袋中。「朋友，該夠你開懷痛飲幾回吧！對了，何時我們再見？讓我把照片送給你。」「不必了先生，謝謝您的好意，我不願也不忍看到我自己。」他眼中淚珠閃亮。剎那間，我所要拍攝的那種神情在他臉上真真實實地顯現了！

　　我始終沒有把這卷膠卷拿去沖洗。之後，我再也
忍不下心拍攝小丑的照片了。

琴

彷彿得到了什麼又失去了什麼似的，每次途經那兼售二手鐘錶的舊音樂器材店，那一張張掛著的、擺著的、斜倚在櫃檯上的、抹漆得簇新似的琴，像有不同的手在上面彈奏。好熟悉的音律、無聲的音律，輕輕地蕩漾、蕩漾，緩緩地擴散且把我整個淹沒。

有一回，當我又沉醉在這沁人的旋律中時，有一陣既單調而又高昂的聲音，發自棄在一旁的舊鐘錶堆中。既單調而又高昂的聲音漸漸尖拔起來，直到把琴韻全然掩蓋——

在這單調的時間之響聲中，那一張張的琴逐漸陳舊，那一雙雙彈奏的手逐漸隱沒，而我更訝然地發現：我，亦逐漸溶解，化為無形了……

亞米高^{（註）}之夜

亞米高之夜是一齣反覆的老電影。

在那條通往好似另一個世紀的單行道上，一群年
輕人在那裏叫囂，黑暗中尚戴著墨鏡的他們，在
仿古的騎樓下唱著流行歌曲並猛抽苦菸。

亞米高閃爍著刺眼的光芒，不斷地向四周示威。
一個騎機動車的中年男子用車頭燈打著訊號，前
面疾馳著的寶馬車突向左拐，急剎車時女司機的
回眸豈僅止於誘惑的宣示？

亞米高四層的高樓窗口忽然燈光通明，在這灰濛
濛舊區的氣息中把孤寂頓然驅盡。風開始吹著，
揚起街道兩旁一張張廣告招貼，模糊中像翻飛的
膠帶把這城市出血的傷口緊緊綁紮。

老電影驟然停止演出，亞米高之夜充滿想像。

【註】亞米高（Amigo）是廣州某街的一家酒吧

蟹爪水仙

洋蔥般大的鱗莖，兩側各長二個小球莖，略帶微黃的芽葉，羞澀地從莖中探出頭來。那是我從街上買回來的一棵水仙，它安祥地躺在置於案上的瓷盤中，直到有一天……

室友笑著取去了它，把它剝了皮、刮了根、劃開它潔白的鱗瓣且一片一片鈎掉，讓隱藏著的芽都顯露出來。據說，那經過刻削的一面會因受傷而結疤，遲緩了芽的生長，未經刻削的一面則成長自然——這不平衡的生長，將使葉子形成彎彎曲曲的蟹爪狀。

我聽見案上水仙在哭泣：「母親，就讓我在您體內死去吧！我不願意這樣不正常地發育著……」但，除了我之外，還有誰聽見呢？

洶湧

爬上甲板，海浪與船速使船身不斷地轉換巨大的
傾斜度，失卻了水平感與平衡力的我，面對著這
譁然的巨浪這洶湧的海，一陣陣的恐懼隨著海風
逼入我的膚肌。

我曾見到如此洶湧的海——一片金黃，在太陽下
洶湧著稻穗飄飛著麥香的海。
我曾見到如此洶湧的海——一片烈焰，在燃燒彈
與迫擊炮下洶湧著焦土與屍灰的海。
我曾見到如此洶湧的海——一片騷動，在拘捕令
與出境證間洶湧著汗水與眼淚的海。

不敢再面對海的洶湧，我，凝視著曳在船尾一瞬
間便消失無蹤的白沫。一隻孤獨的海鷗從我頭上
飛過，忽地，我有飛的慾望……

門

疲憊且倦於風塵，那扇門是那麼令他懷念。

這一回他真的回來了。青石路在月光裏浮起。好空曠的寂靜。連影子都沉沒了。好深邃的寂靜。青石路在月光下雕滿圖騰。那扇門在他眼前。好凜冽的寂靜。那扇門迎面而來，妻的笑容迎面而來，孩子們的嬉戲聲迎面而來。他急促的跫音劃破好厚好厚的寂靜。門在他眼前。他用力地敲著，用力地敲。急促的敲門聲擊破好重好重的寂靜。門啞然。

門啞然。他退後，他向前衝——
門開了。他愕住
門內是一片好空曠的寂靜，令人窒息的寂靜
影子都沉沒了……

停車場

停車場與我工作的地方遙遙相對，隔著一條不太嘈雜的街道。

公式化了，每日上午我駕著那服侍我多年而磨盡了年輕豐姿的老爺車，像一隻在烈日下奔馳十數公里的倦馬找到休憩的綠蔭般衝進停車場。在日漸昂貴的石油壓力下，我時常埋怨我這隻有饕餮劣性的坐騎。

一個秋日的午後，我無意地從落地窗望向停車場，一種從來未見的景象呈現在眼前：透過那層都市特有混合著煙塵與廢氣淡茶色的薄靄，太陽無力地把屑弱的光照射在停車場上，成百架排列整齊的汽車頂反射著冷冽的光──像一行行排列整齊的墳！

火車

自沉睡中醒轉，鼓噪，叫囂，繼而怒吼連連。緩緩的舉步至全速的奔騁，在單調的喘息中吐雲踏霧，橫跨深淵穿峰越嶺，劃過田野切開平原，千軲萬轆軋過大地的胸膛，朝向惟一的目標──終點。

終站？起點？回歸？離去？這無休止的輪迴，只可憐隱藏在它肚子中那些思想的、智慧的、高貴貧賤、偉大與渺小的生命。抱著共同信念期能抵達終站的這一群，赴彼邦，返故土，離去的又回歸。始？終？這不停息的循環。

默默地躺在那裏恒受轢刑，毫不醒眼甚至被遺忘了的──軌──是真正的主宰？

籃球

多麼清晰記憶裏的一個黃昏，我觀看猶在場中練球的我的大兒子與他的同伴們。胖胖的兒子遺傳了我五短的身材，那是喜愛籃球者先天的短缺。每一次他接到傳來的球，不是被對方搶走即是被擠到界外去。整整的一個鐘頭裏，我默默地計算著，我兒子只可憐地接到五六次傳球以及一次偏差得無可原諒的投籃。在隊友們埋怨聲中並不灰心的他，隨著隊友們奔跑、換位、防守……直至負累喘喘全身濕透。

我對自己暗暗發誓，我再也不觀看他玩球了。

那時最近一個黃昏，我在兒子不斷要求下萬分不情願地成為他級際冠亞軍的觀眾。在全校師生震耳欲聾的歡呼中，兒子在我驚訝的視線下竟是那麼矯捷：巧妙的傳球、勇敢的切入，以及近乎百分百的射籃率使他成為全隊的靈魂。當黃昏更

　　濃，球場四周的燈光亮起時，我發覺，燈光人影
在我眼前是迷糊糊的。

禮物

好幾次了，她向他要一部照相機。可能真的是工
作太繁忙，或許……他自己也說不清楚為什麼，
直到她生日的那一天……

她的笑容是那麼甜美，當吹熄了蠟燭，切了生日
蛋糕，他把新買的「傻瓜機」放在她手中，說：
「自動對焦距的，快門速度也不必操心，光線
不足時會自動亮起閃燈，鏡頭是可伸縮的，從
三十五毫米廣角到八十毫米長焦，眼前呀！傻瓜
機的構造可精密了！而且價格也不便宜……」

她的笑容是那麼甜美，當她要他擺好姿勢，慎重
地按下快門的那一剎那，她的笑容是那麼甜美！

他流下淚了，自語地說：「早該給你買部照相機
了，要不是你為了貪拍那幾張小鳥的照片，也不

會從樹梢摔下，震瞎了雙眼，令我一看到照相機
就反胃。」

她的笑容是那麼甜美，他深深地相信，她心目中
的他，仍然是十年前一般……

牆（之一）

驀地。他怔住。牆怔住。面西的牆在夕照中是一
塊發光的幕。他的眼是兩面發光的牆。牆上映個
十字架的影。他的眼是兩個閃著靈光的十字架。
自對街教堂圓頂上投來映在牆上的影映在他眼中
是閃發著靈光的十字架。

百次。千次。他擦身走過牆。牆擦身走過他。千
次。百次。像兩個互不相干的陌路人。他擦身走
過那牆。那牆擦身走過他。從不打招呼的擦身而
過的兩個陌生趕路人。

僅這一次。僅僅這一次。他怔住。牆怔住。他一
步一步地走近牆。牆一步一步地走近他。十字
架的影映在牆上。他的影爬上了牆。一寸。一
寸。又一寸。頭——頸——肩——上身——雙腿
——。他的影在牆上。十字架的影在牆上。自對

街教堂圓頂上投來的影自他身上投來的影映在他
眼中是閃著靈光的十字架閃著靈光的他。

他把雙手向上舉起！牆怔住。他怔住。

面西的牆在夕照中是一塊發光的幕。夕陽一寸又
一寸西下。十字架一寸又一寸升起。他雙手一寸
又一寸高舉。面西的牆在夕照中是一塊發光的
幕。教堂的圓頂一寸又一寸升起。他更走近牆。
牆更走近他。他把雙手更高舉起。一寸。一寸。
又一寸。十字架升起。教堂圓頂升起。淹著他的
教堂圓頂的影一寸又一寸升起。雙腿--上身--肩
--。他向上躍。剛好觸著十字架。他向上躍。僅
差那一寸。他向上躍。差了那一大截。十字架迅
速升起。圓頂迅速升起。他呢？他呢？躍高得不
能再高的他呢？被淹去影子的他呢？

驀地。他怔住。牆怔住。面西的牆在黃昏中是一
塊熄了燈的幕。他的眼是兩面灰暗的牆。他的頭
慢慢垂下。他的雙手緩緩放下。他很想哭。牆也
很想哭。

面西的牆在暮色中是面西的牆。跪著的他在暮色
中是跪著的他。冥冥中忽地傳來：「愚味的人
喲！你是連影子也值不得上十字架的！」他聽
到。牆也聽到。他忽地記起了……而牆呢？牆是
否也記起了些什麼？

海

終於我變得像頂會預言的吉卜賽老婦人。那時我
正被孤寂囚禁在如此小小的一方室內，迫使我不
得不面對窗外如此小小的一塊方形的海。海。
海。我看到我自己，我的淚是頻頻濺起的浪花，
海嘯是我的嚎啕。

忽然，我的黃昏是鍍金的了！

風

只是，沒有誰知道風打哪兒來。

打哪兒來？每當它在我窗前稍立，柳絮兒與枯葉們就疏疏落落地把我伏著寫詩的桌面裝飾得像處女刺花的面幕。

如果有一回，我敏捷得能把風給裁下一小塊，然後縫成一方小小的枕；那時，躺著的我將聽到千里之外的海嘯、馬嘶、以及鄉音低沉的喚召。

那時，只有我知道風打哪兒來了。

牆（之二）

似乎懂得了許多。二十二歲的他是一個唸建築系
的學生，但總不懂如何把自己的心建築成一座理
想的居所——即使是小小平屋。

一天，在歸家的途上他忽然注意到路旁那堵蒼苔
累累破落的殘牆。「那就是了，啊！那就是你最
美好的心之建築！」他微微地感到有這麼一個聲
音隨著沒有季節感的二月風遙遙地喚著。

夜

僅隔著一條薄薄的簾，窗外的夜何其漫長，一個
獨行者迷失在高疊的陰影裏；他不曉得什麼是夜
的重量，什麼是屬於絕緣體的夜。

於是，又一次有人以同樣的問題問我：「為何曾
有一個人背叛了夜，然而他依舊在夜的空隙間戕
害自己，在夜的領域中埋葬自己？」

我困惑。我只能模糊地答道：「或許那人在夜裏
夢見夜，說浴血的夜如虹……」

終於

終於，我找到了他，輕輕地說：「啊，昨夜的友人，我們在茫茫的宇宙相遇，你給我以曇花的愛，給我以造物者的慈悲，給我以勞頓的憩息，而現在我就要離去，去找尋癡子的智慧，去找尋世界的輪迴，去找尋夢幻的人生。」他呆望著我，然後低頭……

瑪地加利亞

那時，街道是黑而且潮濕的。瑪地加利亞。一隻混血的暹羅貓翹著尾巴追逐它的魚骨它的雌性去了。瑪地加利亞，她的眼睛在陰影裏像貓的。深海裏大章魚的觸腳般，瑪地加利亞的五個指頭指著街東（五個指頭）說：「看見嗎？拐角處那低門，門內有道梯……小心、梯很暗的！」

眼睛像貓的瑪地加利亞，裸體的膚肌是黑而且潮濕的（就像那只有貓與魚骨的街道，黑而且潮濕）。在那裏你可以找到一道門，門內的一道梯，要走得很小心的一道梯。

瑪地加利亞的眼睛是貓的。

影

就在亂塚間埋下你帶罪的影子吧！弦月在露寒時
步過你的長睫，你是不會看到你瞳裏滿映著昔日
的風塵的。哎！攜了一袖冷煙歸去，星子們在你
去後飄零盡了。

別把寂寞雕上你的窗檻。窗總鎖著，聽那可憐的
長夜在輕喚著你的名字！

——而你心中是無痕地印著一個無邪的面影。

葉蔭·草原

如果有人談起葉蔭下的往事，就請他把冷淒的淚影夾在睫間。而我再不去數草原上零亂的歌聲了。

如果有人談起葉蔭下的往事，就請他別把幽廊裏那朵燭花遺忘。在夜影中，我便去草原上看星看雲看風看寒月射下的冷輝。

如果有人談起葉蔭下的往事，就請他隱瞞住那點遠山裏低微的哭泣。而我要去草原，去滴血在每株無邪的細草上。

如果有人談起葉蔭下的往事，就請他到北方：到草原上收殮我的夢的屍體……

六三年餘稿

1

自囚著的固體的我，年代在外面加上一片又一片
鏽爛的鎖。所以，那一夜於零時廿分醒來時，我
竟是那被燃盡了的煙蒂，在煙盤裏等待著扔棄。

2

那是另一個邦土另一種節日，香灰紙錢分擔著一
部份祭墓者的哀傷。「他們哀傷著嗎？」十一月
冷冷的陽光逐去了青空上每一朵雲。

忽然我感到，我的心是一座覆滿落葉枯草的小小
荒塚，久久地久久地沒有人去祭掃了。

【後記】《六三年餘稿》作於獲得覃子豪師去世消息後，覃老師是十月十
日零時廿分離去的。餘稿二作於「亡人節」義山掃墓後。

夕暮

莫讓夕煙淒迷了你寂寞的心。

很靜時，我記起了零亂的秋葉滿堆在荒野墓旁的
季節。那淚是夠酸的！所以，我只能孤獨地守著
白樺樹的長影。

聆聽你沉鬱的心所作的低泣吧！

唉！為什麼草原的花香總飄過我遲暮的窗前？
　　　而我只能擷點花雨後遺留下的殘紅，
　　　只能飲點陳年的花露酒，
　　　只能寫點詩──
當剛返自南方的燕子們在簷上發出笑聲，
　　　　　　　夕暮流浪人般走了……

廢墟

1

聳立著但已燒焦了的一段斷柱把太陽劈成兩半。
那是三月的某天午後，他在曾經炫耀過繁華但在
一次大火中化成廢墟的「華人區」中，看到一個
裸足的拾破爛的小孩在碎磚焦土間拾掘可換得晚
飯的鏽鐵，——陽光把小孩的面給曬得紅紅的像
個醉酒的中年人。

那夜，他與他的友人們在婚宴後路過原地，友人
們尖銳的嘩笑聲威脅了四周壓人的靜寂。他沉默
著，一種從來未有的疚責感充塞著他。那時。那
時。月光把斷柱的影投在他的身上，烙在他的心
上……

2

每次道經那裏，他總不期然地記起老師的詩句：
「靜寂的中國街，不見酒旗，卻聞昨日午後唐人
的橫笛」。每次道經那裏，那一座「劫後之城」
總似象徵著老師的一生：重要地活，「燦爛」地
死，以及死後蕭條蕭條地讓人予以憑弔的歎息。

一個微雨的黃昏他打那裏匆匆避雨而過時，忽然
他詫異地停住了腳步，在那一瞬間，只這麼一閃
而逝的——廢墟在雨色與暮色的蒼茫中變成了他
憂悒的自畫像。

夜曲

所以燈光老是把我的失眠給加濃加重，所以此時
的靜把空間給擊碎成淌血的一片一片地落著落著
像方形窗外的夜以他稚拙的手把星子給擷下一顆
一顆地撒著撒著。所以誰都能把迎面而來的風這
樣的生物給搓成長長長長地像貴婦纏頸的胸飾般
然後掛在方形窗方形格子上讓另外一群迎面而來
的風們搖呵搖呵搖靰轆，所以嚐到了沿頰流下的
一滴淚的鹹鹹時竟想到未被曬成鹽那種固體前還
叫做海的那種液體洶洶湧湧的驕態，所以我的影
子便站起來走走動走動然後把自己給關到門外
去，所以我的精神系都逸離了我的軀體且插了鵝
毛似的翅膀飛飛飛走了，所以現在什麼都發生過
了什麼都尚未發生──因為因為我的失眠是很濃
很重了因為我的夢是很濃很重重重重了………

變調三體

1

一整天他在鏡子前向自己示愛。一整天他為了要
漂白憂鬱而去燃燒掉那些堆積在屋角陳年的憤
怒。一整天他以某種手勢告訴簷角的蜘蛛說它既
不屬於蟲類同時又不是禽類或獸類之眷屬。一整
天他把思想的影子掩蓋了長滿窗外的狗尾草以及
狗尾草下為著搬運陽光而透支了生命的螞蟻群。

一整天他苦苦思索自己是什麼……

2

為什麼夜總在你的酒杯中流浪？當人們為著今日
的辛勞而去索回昨晚的疲憊，你竟哭了。

那絕不是可恥的，當隔壁那個守寡十六年的女人
為著一塊雪糕而狠狠地拷打她八歲的小男孩。然
而，你的淚究竟是不純粹的，因你常在憤怒襲來
的時刻把壁上的裸女像倒掛，然後把你的鋼筆當
作瞄鏢一次又一次地向它投射——那潔白膚肌上
累累的傷痕正像歲月在你額上留下的爪疤。

3

又是歎疚代替黃昏在我房中默坐的時候。

一片雲飄在窗外，隔簾與我對飲。此時沒有誰能
夠解釋何以西風會停在大門前久久不去。我用煙
蒂在壁上寫情書。但是，為著談戀愛而去模仿影
子的動作是值得的麼？我歎息。（贋品的歎息是
微笑。）

其後，我只得自私：很自私地把別人扔棄在路旁
的笑聲拾來裝飾自己的羞愧。

爪痕

1

在月光下數口袋裏殘餘的明日，我感到月光的重
量。我的睫間流浪著一群螞蟻。為著創造新的喜
悅而浪費掉屬於自己的所有驕傲是愚蠢的嗎？在
你的腦中移植別人的思想是不需要任何程度的歉
疚的。

把牙齒都敲下來吧！只是為了要抗議而已，我把
猥褻的語言與帶血的濃痰吐在我所走過的每一條
街道我所看到的每扇門上。

2

以剃刀片割裂自己的指頭，看鮮血沿著手掌流下
構成的美麗圖案。——無疑的，那是比在實驗室
裏解剖死屍時流出的黃脂美得多。

3

在太陽被遺忘的時刻，一個酒徒跟蹌地走到我面前說：「酒瓶將是我的棺材。」

這使我想起以酒瓶盛淚的往事，那時我也是一個飲者：恒醉在歡笑與哭泣間。

4

紅燈下讀她的面，感到那蒼白正似我動脈中沸騰的血。

其時，笑聲被她緊捏得像一個變形的頭顱般送到我的掌中，而我也把尊嚴插進她低胸領中的雙乳間……

5

我以憤怒斬斷了跨進窗口的虹。

何種聲息？何種聲息？我知道太陽是不會叫喚的動物。（雖然它是如此不值一文而又異常珍貴。）或許是蹲在牆角陰濕處一本破爛詩集上那隻斷尾壁虎發出的歎息，或許是躺在空杯裏那隻久病的蜘蛛臨死的呻吟⋯⋯

我的眼皮一直腫著。——並不因為過度的睡眠或過度的失眠。

秋林裏

葉落時，請別走過那滿堆枯葉的幽徑；當日影漸
在秋林的薄霧中消逝，就把笛子吹響吧！

　　你將會感受到我心中輕奏的樂曲，那是七
　　月，七月
七月的寂寞正踏過我的眼簾！

　　如果有月光，唉，我將會看到你的影子
　　在空中拉長。

　　誰說你不來呢？

所以，我想，如果有月光——
　　必有一些隱隱約約的低泣；
　　必有漂浪的落葉訴說被遣棄的悲哀；
　　必有沉重的跫音、足步，踏過碎雲石鋪就的
　　長廊；
　　　　必有微風流過，而風中必帶著模糊的記
　　　　憶，記憶的模糊。

所以，我想，如果有月光……

而淚痕是不會等誰來拭去的，而一些流星雨的餘輝總撒落在我家的後庭。

為什麼我不肯皈依？當木魚的音波在我的腦海中作斷斷續續的回響，此時，我就記起了你，你深埋著疑慮的眸光，你凌亂得有點可憐的長髮，你……

　　　誰說你不來呢？

於是我說：就讓眼淚淌滴下來吧！
　　　　　　淌滴在寒冷的泥土上，
　　　　　　淌滴在顫抖的枯葉上，
　　　　　　令它們享受這片刻而絲微的
　　　　　　溫暖。
　　　　　　唉，遠山有閃閃的燈火，
　　　　　　　遠山有鐘聲……

我知道不會有誰來這裏數草葉上之露珠的，即使是你，也不會在此刻到來陪伴我。

而夜更薄了，曙光即將透過憂悒的雲層。

而我，也將數著昨夜踏來的足跡回去；
在陽光射來之前。

夜虹

只可憐著有了我這樣的壞丈夫、壞兒子、壞父親
的親人們。

——芥川龍之介

1

風在月色中更具風的形態美了。

在十二月的風下走著，鞋釘在柏油路面的響聲孤
獨了他。（夜尚很高）他沒有點燃含在口中的紙
煙。「嚼著煙葉必較之抽它可享受到更完整之刺
激的。」他想。（夜落到他的額頭）向南去，十
字街角矗立著一盞路燈，淡黃的光暈中有幾隻蛾
穿飛著。

每次到撞球場去他必須走過這長街，穿過這二列
很整齊的房屋。（夜落到他的胸臆）有一回，當

他在撞球場裏撞落了最後一粒「愁」，他回家痛哭。——並不為什麼的。

並不為什麼的。（夜更低）他肢體的下半部是更屬於夜的了。

2

他不自覺地悲哀了起來，當他發現括風的昨夜，一段斷柯竟把牆角一株初生的落花生壓死。——勇敢地企圖在沒有陽光的角落與營養不足的土壤中生長的幼苗。

那使他想起：「生」，想起食屍鳥的眼色，以及乾癟了的他自己。

3

黝黑的天花板下他的愁很性。將雨的天空低得壓著了這小室中唯一的窗。他有點討厭睡在身旁的女人，並不因為她不是他的妻。忽然他記起一顆

星，那在遠遠的天際閃爍著且曾經被他愛過的一
顆星。

黝黑的天花板下他的慾很獸。

4

潮濕的微雨的下午天，他因為閑著便在床上讀幾
年來的日記本。他深愛裏邊的每一個字，每一個
字閃發著照亮他的靈魂之冷光。
窗外，石灰牆上一支螳螂腐爛的前足在雨中被一
群螞蟻扛著。

5

他是第一個在夜裏看見虹的人。

塵

1

黃昏時的雨把那些霞都淋熄了。

他和他的友人們走著雨後的街，他喜歡跟他們在
一道，因為人多時他總是愉快樂觀而且多言語
的。在夜影徐下時他們無邊際地談著。不知何時
天上亮起第一顆星，他貼實地感到，那顫抖著微
光的星真像孤獨時的他。

一隻無人豢養的土種狗從他足旁向前竄去，黃昏
時的雨尚令它棕黑的毛濡濕著。

2

第一次看見螢是在一個遲歸的夏夜，螢在道旁的
草叢中一閃一閃地爍著微光。對那光他忽然有了

一種奇異的感情，他注視著它，跟蹤著它，直至它在黑暗中消失。

之後，他不再看到螢。但那光卻一直在他眼前爍著。

3

他讀著芥川龍之介的「某傻瓜的一生」，感到自己也正生活在某種可怖的幸福裏。

二十一歲的他輕蔑著生命，瘋人的血液在他血管中奔流了整整的二十一年。

4

都市的大廈們把陽光分割得支離破碎了。

他喜愛完整的陽光。他渴望有一小片完全屬於自己的無陰之原，可讓他作陽光的裸浴，可讓他在光與熱之中嬉笑著、歌唱著。

每次在陽光下，他感到某種的愛在迫壓著他，在他每一寸的膚肌上熱切地吻著。

每次，他的淚在陽光中幻成美麗的虹。

5

夕陽斜照的黃昏，一輛馬車打黃土路轔轔馳過，車後拖著長長的一陣濃塵。

他立在路旁面著待落的殘陽，對那陣黃塵，他忽然有一種熟稔之感，但他是說不出所以然的。

或許，他心中的塵也如是的濃，如是的濃……

詩記

> 那語言把他向不認識的世界——接近諸神的「自
> 我」的世界解放了。
>
> ——芥川龍之介

1

畫廊裏的光線是昏暗的，Jose Joya的抽象畫在眾
畫中閃爍著奇光。他揩著汗水——濕透的襯衣令
他戰慄——忽然他感到，他抽象的感情正與畫面
交溶著。

畫廊外的天光也是昏暗的。一層雨前的暴雲監視
著他與她。

2

黃昏的雲朵落在天臺上，又一次站立在天之下大
地之上的他，頓覺得自身是飄浮的。

他拋下了一塊揉皺了的紙片，看它自五樓頂顛顛地直線落下；心中感到一種莫名的快慰，一種跳落深淵時淒痛而又歡欣的感覺。

3

長廊是靜寂的，圍著長廊的鐵窗把廊外的景色給分割成長方形的一塊一塊。他立著。身旁的她正埋首修改一篇他的翻譯稿，聖靈的光沐浴著她。

他是孤獨的，而又是不孤獨的。

4

患失眠症的他，聽夜雨踏在鋅皮上惱人的聲響。他是不再吞食安眠藥片了。廿一歲的他，心靈中支著兩根大柱——芥川龍之介的悲哀，「機會」裏黑田修一郎英雄式的愚蠢。

「被神所寵愛的，將夭折。」而他正被諸神所熱熱地寵愛著。

5

他與她攀上幽暗的樓梯，主人在前面引領著。主
人的家在一間傢俱店二樓。狹小的房間裏他們傾
談著。那是一次極不平凡的造訪。
煙蒂灼痛了他的手指的時候，主人忽然問道：
「為什麼今天僅僅抽了一支紙煙？」

他避開主人的目光。那時，主人之父親蒼白的短
髮在電燈下奇異地閃亮著。

6

他是那麼深深地信奉著自己心中的「神」。

神?!一個風雨淒迷的黃昏他忽然在聖烈堂裏長跪
著。他不懺悔什麼，不祈求什麼。只是，聖餐禮
後，對一切的神們他心中升起了某一程度的輕蔑。

「真心信了時你將忘卻肉體所受的痛苦。」她
說。但，時刻來時……

後記

很年輕時就寫詩。

第一首公開發表的詩,是在先父主編的《新潮》副刊上,在聽到鄰居傳來的一陣琴聲後有感而抒,題目是〈紫色的琴聲〉,但琴聲為什麼是紫色的?自己也說不出所以然。

進一步認識詩,是報上覃子豪老師主持的函授班後。

從那時刻開始,嚴肅地走很長很長詩的巷子。巷子雖窄,但走得並不寂寞,五十餘年的時間雖長,但一步一腳印,巷中偶而也迴響著自已單調但響亮的跫音。

五十年後驀然驚覺,走過的這條巷子,並不是當年起步的那裏!當年起步的那巷子,卻從未見過我的影子!

*　　　*　　　*

六十年代寫了很多,受到的影響也很雜,瘂弦、洛夫、葉珊、商禽、白浪萍……的影子,在詩中揮之不去。這一時期的作品收在第三輯與第四輯B中。

七十年代菲國軍統,文壇沉寂,詩思中斷。這十多年的空白期,對我是很重要的,因為再出發時雖然還創造不出自己獨特的聲音,但相對地來說,較之六十年代成熟多了,詩中的「我」,也逐漸凸現。八十年代末,我寫出了自己感到最滿意的一首詩,

因為這首詩不僅僅以情寫、也是以淚與血寫成的。這段期間寫得不多，可能是創作態度較為嚴謹的緣故，收在第二輯與第四輯A（部份）是這一時期的作品。

　　之後，我久久無詩；是不是精神上頓然失去了寄托而形成詩思的失落？我說不出來。但一個把詩作為生命一部份的人，再沒有也會稀稀落落地塗幾首，雖然激情已失，但作品中詩的素質與技巧仍在，也足以反映作者這段期間的心情與理念。這期間的作品，選十多首收在第一輯中。

　　從很多也很雜的詩作中選出自認為還可以的這一百五十首，我已精疲力盡，作品是好是壞，唯有讀者是最公正的評審員了。

2009年9月・菲律濱・馬尼拉

【附錄一】

敲響簾外季節的憂鬱
——訪雲鶴

王偉明

（■：王偉明　◎：雲鶴）

■ 您十二歲開始寫作，第一首詩是否發表於《新潮》副刊的〈紫色的琴聲〉。這與您父親藍天民主編該刊是否有關？又十七歲便出版第一本詩集《憂鬱的五線譜》，是您自資出版？還是另獲資助？您的早慧，與家學可有關連？

◎ 先父一九二六年來菲，先在岷《公理報》與王文廷借版刊出《前哨青年》，每周一期，並各撰「哲學講座」與「文學講座」專欄，鼓吹新思潮。未幾，《前哨青年》被報社下令停刊，先父在《華僑商報》開闢《新潮》副刊，是菲華華文報第一個新文藝副刊。《新潮》創刊後不久，先父親手組織文藝團體「新生社」，致力於提倡新文學，羅致了當時新文藝的主要作者，為三十年代主要的文藝團體。先父畢生致力於文藝，以培植文藝新血為己任，前後六十年，他給我的影響是無可比擬的。

我的第一本詩集《憂鬱的五線譜》，以及繼後出版的《秋天的春天》、《盜虹的人》、《藍塵》，均由主有《華僑商報》的「以

同出版社」（出版社以《華僑商報》創報人于以同為名）出版；
其時，報社經費拮据，除排字、發行外，印刷費自供。

先父主編的《新潮》，水準高，選稿嚴，如果我的記憶不錯誤的
話，第一首詩〈紫色的琴聲〉是發表在《華僑商報》主有的《華
僑周刊》「學生園地」上。

菲律賓華僑以經商為主，也以理財賺錢為「正業」。先祖父藍琛
（字季獻）在銀行界服務，但他舊詩的造詣甚高，與于以同先生
為至交，《華僑商報》創刊，先祖父出任經理，而先外祖父許榮
智亦曾任廈門《江聲日報》經理。先父除與友人合資經營飼料業
外，大部分時間都花費在副刊的編務上；我本人則自小在報紙與
文藝書籍中打滾，養成重文科而輕理科的心態，是以進大學時，
因缺乏數理基礎而選擇了側重於造型藝術的建築設計系。畢業後
我除謀生而從事設計業外，編輯文藝副刊也是我主要的工作之
一。因此，在朋友群中，對我家有「三代不務正業」之譏。

■ 五十年代末、六十年代初，您曾創組「自由詩社」，至一九八二
年再倡組「新潮文藝社」，兩者的創社宗旨可有異同？又兩社的
主要社員是哪幾位？此外，您曾籌辦過甚麼特別的詩歌活動來推
動菲華文學呢？

◎ 六十年代創組「自由詩社」，主要是來自臺灣現代詩運動的衝
擊。其時，菲華報刊上新詩創作表現方式均較為傳統，但在「自
由詩社」創社後，我在先父《新潮》副刊中大量引進現代詩理論
與臺灣現代詩人的作品，也大量發表「自由詩社」同仁的詩作，
令菲華新詩愛好者，視野頓時開闊。

「自由詩社」主要成員是小夜曲（莊垂明）、月曲了（蔡景
龍）、南山鶴（陳戰雄）、嵩山鶴（施能昭）、藍菱（陳婉

芬）、吳天霽。該時期自由詩社出版了菲華第一本現代詩選集
《一九六一》。

至於八十年代組織「新潮文藝社」的動機，必須提到菲華文藝界
一些歷史遺留的問題。菲華文藝界，一向是左、右分明。比較
左傾的《華僑商報》，在軍統時期停刊，華文報紙僅剩下右傾
的《聯合日報》（軍統中期有較為左傾的《東方日報》創刊，卻
是馬可斯政權為平衡華人社會左、右兩股勢力，於背後支持創辦
的），鑒於《華僑商報》被逼停刊主要證據，均為發表在《新
潮》文藝副刊與《華僑商報》主有的《華僑周刊》上的文章。
《聯合日報》為了避免政治上的麻煩，未設屬於「意識形態」的
文藝副刊，因而造成了該時期（一九七二至一九八一）菲華文藝
作者作品無發表園地，文藝活動基本上停頓的現象。一九八一年
初，菲國軍事戒嚴解除，左傾的《東方日報》成員也擴大另行合
資組織《世界日報》，創刊號即開闢「文藝副刊」，而《聯合日
報》跟　也開創了文藝園地，並大量借版給文藝團體耕耘。
「交流」在文藝活動上是一個主要的工作，較為「左」的文藝交
流，當時幾乎是一片空白。鑒於此，我召集一批經常在《世界日
報》「文藝副刊」（當時為曉華主編）上發表作品的作者組織
「新潮文藝社」，並在菲律賓證券署登記為非牟利的團體，西名
為Society of Contemporary Art and Literature，簡稱SCAL。「新
潮文藝社」的成員，詩、散文、小說創作者均有，並有一批以
英、菲文寫作的華裔會員，也出版了一本英、菲文的文藝作品選
《New Horizon》。
「新潮文藝社」與國內的「福建人民出版社」、「海峽文藝社」
合作，出版了《菲華新詩選》、《菲華散文選》、《恍惚的夜
晚——菲華小說選》；前一本由「福建人民出版社」出版，後

二本由「海峽出版社」出版。其時，市場經濟正衝擊中國的文藝刊物，應該選集責任編輯林承璜先生的要求，把《菲華小說選》的書名改為《恍惚的夜晚——菲華小說選》，以吸引較多的購書者。〈恍惚的夜晚〉是選集中作者之一林泥水的作品。該選集選有林泥水、陳天懷、陳一匡、亞藍、莎士、林泉、秋笛、欣荷、董君君、施約翰、紫雲、紫茗、嘉敏、夏默諸作者小說各一篇。此書由於改名而鮮為人所知，是以後來有人質疑，何以「新潮文藝社」與國內僅合作編選詩與散文選，而缺少小說選。

■ 您曾參加青年文藝講習班，深受當時的「流行色」——現代主義文學的薰陶。臺灣的詩風影響尤其顯著，包括了瘂弦、洛夫、葉珊、商禽、白浪萍等。究竟他們哪方面給您較大的啟發？您創作時，是較注重意象的跳躍，還是詩之張力？至於詩中的遣辭用字，會否多來自中國的古典詩詞呢？而菲律賓本土詩人的風格，可曾給您新的刺激？

◎ 前面說過，對當時新詩嶄新的表現方法，菲華詩創作者視野頓時開闊，靈思充沛，創作量極為豐富，作品雖不甚成熟，但卻能予人以新鮮的感覺。

您所提的這幾位臺灣詩人，對我的創作有各各不同的影響：如瘂弦、洛夫——題材的新穎、「醜之美」的表現；葉珊——意象的跳躍；商禽、白浪萍——以散文形式表現詩思。

至於您所說的菲律賓本土詩人，應該是指華文詩人吧，由於帶著某種「抗拒心理」，菲華前輩詩人對我未產生可以一提的影響。至於先行輩的詩人中，我較為欣賞是小英（陳扶助）的詩，但小英包括他後期以楚復生為筆名及近期以正名陳扶助發表的作品，其內涵仍秉承傳統詩的意境，是以他的詩也未給我實質上的影響。

■ 覃子豪說過：「理想不能實現的苦惱以及感情沒有秩序的苦惱」，您認為詩該如何釐清「理」與「情」，從而尋找一種新秩序？

◎ 我一向認為詩是「感性」的，無論以何種手法來表現，其終極也是以「情」為主。至於「理性」，我不認為應該為一首詩的主宰。我不喜歡以「學問」寫的詩，讀葉珊易名為楊牧後的作品，對我是一種負累，這也包括葉維廉與鄭愁予後期的詩作。

■ 您曾在遠東大學建築系就讀，而建築是「凝固的樂章，石頭的見證」，那麼您認為Frank Lloyd Wright、Paul Rudolph、Richard Meier、Le Corbusier、Antoni Gaudi、Carol Scarpa等的建築理念會否賦予您詩中一種嶄新的元素？就像聞一多所倡議詩要有「建築美」？

◎ 藝術總有其共通性，但我個人認為，建築藝術與詩藝，其共通性甚為脆弱，如果有的話，Wright、Gaudi諸人的反叛性、創新、以及融合傳統與現代的手法，是值得學習的。

我感到動手設計一座建築物與寫一首詩有一個共同點：兩者都是一個全新的挑戰。而建築設計考慮較多的是實用性與客戶的要求，詩創作必須考慮的是讀者的接受能力（如果把這作為實用性之一）。

■ 您的攝影作品斐聲國際，無論鏡頭的運用與場景的深廣，都給人帶來一股震撼力，然而Robert Carpa、Man Ray、Richard Avedon、Robert Mapplethorpe、Edward Weston、Sebastiao Salgado、James Nachtwey等的作品會否給您另類的啟發？此外，以攝影配詩能否帶來新的衝擊，拓展詩運？

◎ 斐聲國際是過獎之詞，在菲華文藝因軍統而進入冬眠的期間，我把對詩的愛好與創作的衝動，轉化為對攝影技術與藝術的追求，也把文藝組織的工作轉化為攝影藝術的倡導與組織，菲律賓數十年來迄今定期舉辦國際攝影沙龍的攝影團體「多彩攝影家協會」（Multi-Color Exhibitors Association，簡稱MCE），就是該時期我與幾位同好倡組的。

攝影藝術與詩創作的共通性較之建築與詩藝多而且顯著。去年十月間我應「亞洲華文作家協會菲律賓分會」之邀，作了一場文藝講座，題目是〈胡說八道──試談詩與攝影創作及欣賞相通的八種要素〉；「胡說」乃指攝影技術為外來的，因而攝影藝術也是一種源自西方的學說，「八道」則是我把這兩種藝術共通的要素，歸納為八種：（1）光＝文字；（2）角度＝取材與觀點；（3）焦點＝主體（題）的突出／隔與不隔的討論；（4）反差＝對比；（5）透視＝距離；（6）色彩與動態＝色感與動感；（7）同步＝聯想與移感；（8）蒙太奇＝集錦與跳躍八種。講座進行近三個小時，所幸的是聽眾均堅持到底且興致盎然。

有一點必須聲明，我在《詩影交輝》一書中的詩配影或影配詩。這些詩或影大部分是獨立存在的，通過我主觀的選擇後，纔把已創作了的詩與影配合在一起。「觀影而撰詩」的詩作，僅佔書中極少部分，而且就詩藝而言，這幾首並不是成功的作品。汕頭大學一位博士生許燕曾向我直言，《詩影交輝》一書中詩與影同步出現在讀者面前，削弱了詩的言外之意，限制了讀者想像的空間。我認為其言甚是。

諸大師中，您沒有提到Ansel Adams，這位風景大師在作品中對自然的表現是詩的。

■ 您的詩，常出現「飛」、「藍」、「暮」等字，這與您「雲鶴」
  的寓意可有暗合之處？而那股超越「島」的意識會否成了您詩中
  的一大基調？這與您七十年代，詩中的「我」逐漸凸現可有
  關連？

◎ 我詩創作的活動，一向不刻意安排，因而我詩中出現的字眼，更
  是自然而然用上了，刻意雕琢並不常有。

  經過上述的空白期，我對為甚麼而寫與怎樣寫的思考逐漸增多。
  由於對前人的作品閱讀量大增，我對詩的認識與要求也逐漸成
  熟。我把詩的內涵與表現分為四個層次，我認為「深入淺出」，
  內涵豐富而表現平易，顯而不淺的作品是詩藝中的最高層次；其
  次是「深入深出」的作品，此等作品有豐富的內涵而且有與眾不
  同獨特的表現手法，隱而不晦，也是成功的作品；再來是「淺入
  深出」的作品，那種內涵膚淺卻儘量強化表現的方法，我個人認
  為是「偽詩」（最近我在福建漳浦舉行的一個福建、廣東、新疆
  三地青年詩人的研討會中，提出了我對「淺入深出」的詩作的看
  法，引發了對立的意見，反對者認為一首詩的內涵並不代表一首
  詩的好壞，而表現手法乃是一首成功詩作的主要條件。當然，這
  是「藝術之中的意義迥異於藝術本身的意義」的學說，我尊重他
  的意見。）；最低層次，我認為是「淺入淺出」的作品，那是低
  級的口號詩，是分行的散文，毫無詩意可言。

■ 您自二十餘歲起便封筆，達十五年之久。是軍管政治窒礙了您的
  創作？還是您那段期間祇專注自己的事業而暫別繆斯呢？抑或別
  有原因？重拾綵筆後，您認為停筆前後的最大改變是甚麼？

◎ 前面說過，軍統期間文藝創作沒有發表的園地，是我中止追求詩
  藝的主因，除對事業的專注外，我精神上的寄託，都在攝影上。

經過一段空白期，詩創作的熱情經過了沉澱與過濾，當轉化為理性的研討後，對自己的作品就有較清晰的認識。這一段空白期，令我擺脫其他詩人的影響，繼後的作品，也有較多的自我凸現。

■ 陶陽在〈何苦化神奇為平庸〉一文中批評您將〈野生植物〉一詩中的「遊子」改成「華僑」乃一大敗筆，為何您有如斯較大的改動？是出於對「尋根」的嚮往，還是藉此以表心 呢？又海外華文詩人往往面對「身分認同」與「文化認同」的困惑，您認為詩人該如何自持？

◎〈野生植物〉一詩最後兩個字從「遊子」改為「華僑」，真的是經過近十年的思考歷程，而〈野生植物〉一詩，也是我以其他筆名發表的詩作〈兩棲植物〉經過大幅度的刪節濃縮而成的，相隔也有幾年的時間。我認為該詩更貼切地表現一個「華僑」的遭遇，更具體地說，是旅菲華僑一生的描繪。因而最後我決定以「華僑」取代「遊子」一詞，我並不感到這是敗筆。

是的，海外詩人困惑於「身分」與「文化」的認同之間，而我認為兩者統一的最大障礙是在詩人的教育背景與創作語言上，華文作家（詩人）畢竟異於華人作家（詩人）。十餘年前我在廈門大學主持的第一屆東南亞華文文學研討會的講稿〈路曼曼其修遠兮〉（在《香港文學》上發表），認為必須重視這一群以華文以外其他文字創作以表現一個華人的心態與思想的「華人」作家群，更應給予鼓勵與培植。

■ 您曾說過八十年代末，沒有把自己最感滿意的詩收進集子去，其理安在？又您曾主編過《世界日報》文藝副刊，您認為一個理想

的編輯該具備哪些條件？是甚麼原因促使您接編該刊？而創作與
翻譯的比重又當如何釐定？

◎ 我在《雲鶴的詩一百首》（《世界日報》初版，華裔青年聯合會
再版，增加了由施約翰的英譯）一書的〈後記〉中曾說過，「這
一首詩並不僅僅以情寫，也是以淚與血寫的」，這首詩的創作背
景是那個令所有的中國人不能忘卻的事件發生後，詩題是《中圉
人》，我刻意把「國」字，以「口」與「冤」兩個字組合而成，
以表達不僅僅這事件中的青年人含冤而逝，而全部的中國人也含
冤蒙羞的意思！

不選入此詩的原因是不言而喻的，因為我畢竟不是倉頡，不能造
出「圉」字這個意義複雜的字眼。

我認為在文藝活動中，副刊編輯是負有重大責任的，他應該是一
位「伯樂」，他要能夠栽培出更多的好馬來。

對翻譯，我認為除了詩人本人能以雙語創作以表現自我外，翻譯
是非常重要的一個環節。但翻譯是一種再創作，尤其是詩的翻
譯，能夠到達「信雅達」的境界的，實在是鳳毛麟角。

■ 一九八五年您曾參加中國散文詩學會。您認為「散文詩」這個體
裁如何拿捏，纔不致於將「詩」流於「散文化」，甚至將「散
文」詩化？這與秀實所說：「善於運用散文的敘述手法來表達詩
的情懷」可有異同之處？

◎ 我寫過不少的散文詩，我認為散文詩是採取散文的語法與形式來
表現詩的內涵，形式上雖是散文，本質上應是詩。這與您所提秀
實的說法是一致的。

■ 菲律賓文壇先後出現過「菲律賓華僑文藝工作者聯合會」（文
　聯）、「耕園文藝社」、「辛墾社」、「菲華青年寫作協會」、
　「飛雲文藝社」、「菲華文藝協會」、「千島詩社」、「現代詩
　研究會」、「晨光文藝社」、「河廣詩社」、「萬象詩社」等，
　主要的成員為何？其中會否出現重疊？又施穎洲主編《菲華文
　藝》序言〈六十年來的菲華文學〉曾將這六十年的文學運動劃分
　為三個階段，分別是播種時代（一九三〇至一九四九）、耕耘時
　代（一九五〇至一九七九）與成長時代（一九八〇開始）。您認
　為這個區分是否恰當？踏進二十一世紀，您認為菲華文學會否出
　現青黃不接，甚至斷層現象呢？此外，您對菲華新詩的發展，又
　有甚麼期許？

◎ 菲華文藝的寫作者，大抵在一百人左右，而現役者數量更少。說
　來好笑，菲華社會中社團有一千餘個，其中「聯」「總」也有十
　多個，有人戲言，王彬街（岷市華人區的街道），任何一塊招牌
　掉下來，就會砸到好幾個「理事長」！

　菲華文藝界可能秉承這個傳統，文社之多令人咋舌，其成員重
　疊，一個作者參加好幾個文社是常事。

　施穎洲（包括《菲華文藝六十年》作者王禮溥）的分期法，是以
　華文文藝活動來定位，有其一定的道理。當然，也有人認為應以
　時代背景與大環境對華人的影響來劃分，但這是有一定難度的；
　雖然我們常言時代影響文藝創作，但請不要忘記，菲華文藝一個
　極長的時期是以臺灣文藝的馬首是瞻；最淺顯的例子是六十年代
　菲華的現代詩運動，算是菲華文學史中一個劃時代的事件，但
　這與菲律賓的大環境，甚至菲華社會的小環境，是沒有多大關
　連的。

至於菲華華文新詩的發展，還是我經常說的那一句老話：在沒有受到外來的特別衝擊（如六十年代的現代詩活動）的情況下，菲華華文詩的發展，實在不容樂觀！

原載《詩網路》第十三期

（2004年2月29日出版）

【附錄二】

姓　　名：藍廷駿
筆　　名：雲　鶴
籍　　貫：福建廈門
出生年月：一九四二年四月，菲律賓馬尼拉市
通訊位址：P.O.Box 2748, Manila 1099, PHILIPPINES.

服務單位：
菲華「世界日報」文藝副刊主編。
「資貿發展公司」副董事長。

學歷經歷：
一九五三年　　小學畢業於聖公會中學附小。
一九五九年　　漢文畢業於中正學院高中部。
一九六三年　　英文中學畢業於亞南遜大學附中。
一九六七年　　英文大學畢業於遠東大學建築系，獲建築學士銜。
一九八二年　　獲瑞士「國際影藝聯盟」最高榮銜（Hon.EFIAP）。
　　　　　　　任菲華「世界日報」文藝副刊主編。
一九八七年　　任「菲律賓作家聯盟」（UMPIL）理事。
一九八八年　　加入「中國作家協會」（會員編號02373號）。
二〇〇六年　　獲美國世界藝術文化學會（World Academy of Arts &
　　　　　　　Culture）頒贈榮譽博學會士銜（Honorary Degree of
　　　　　　　Doctor of Literature, LittD）。

主要著作：

《憂鬱的五線譜》（詩集）一九五九年（以同出版社出版）

《秋天裏的春天》（詩集）一九六〇年（以同出版社出版）

《盜虹的人》（詩集）一九六一年（以同出版社出版）

《藍塵》（詩集）一九六三年（以同出版社出版）

《野生植物》（詩集）一九八五年（北京友誼出版公司出版）

《詩影交輝》（詩集）一九八九年（香港攝影畫報有限公司出版）

《雲鶴的詩100首》（詩集）二〇〇二年（菲律賓世界日報社出版）

《Poems of James T.C. Na / 雲鶴的幾首詩》（英、菲、德、葡、西譯文）
　　二〇〇三年十一月。

《The Wild Plant and others》（中英對照）二〇〇六年（福建電子音像出
　　版社出版）。

文學活動：

五十年代末 六十年代初	推動菲華詩運並倡組菲華第一個純粹研究現代詩創作的團體「自由詩社」。
一九六〇年十一月	加入臺灣「中國詩人聯誼會」，會員編號一五八號。
一九六一至六二年	在《華僑週刊》主編《詩潮》詩刊並編選《詩潮－第一年選》。
一九六三年　九月	加入「香港現代文學美術協會」，會員證編號六三九一號。
一九六五年　九月	應臺灣「創世紀詩社」聘為《創世紀詩刊》編委。
一九八二年　七月	倡組菲華「新潮文藝社」，任創社社長。
一九八五年　二月	加入「中國散文詩學會」。

一九八七年　三月　應邀參加廈門大學主持之「首屆東南亞華文文學研討會」，提出「從華文文學蛻變為多元化的華人文學」的觀點。

三月　應聘為中國鷺江出版社「海外華文文學叢書」編委會編委。

四月　應聘為中國暨南大學與花城出版社出版「海外華文文學辭典」特約編委。

六月　聯繫並推動菲律賓第一本專門刊載華人血統但以英、菲文創作之詩人作家作品的定期刊物「TULAY」（《橋》）的創刊。

七月　中選為「菲律賓作家聯盟」（UMPIL）第一個以華文創作的理事。

十二月　推動菲律賓華文文學融入菲律賓文學主流中，終獲得「菲作家聯盟」與菲律賓教育部合辦之「菲律賓文學的今日與明日」第三次講座中增加「菲華文學」，正式承認菲華文學為菲律賓文學之構成部份。

十二月　應邀參加香港「文學世界」主持之「作家詩人座談會」。

一九八八年　三月　應聘為中國四川廣漢「覃子豪紀念館」顧問。

五月　應中國吉林省「藝報」聘為顧問。

六月　加入「中國作家協會」，會員證編號二三七三號。

八月　編選中國文聯出版社出版之《菲、泰、星三國詩選》菲華部分。

	八月	任一九八九年在菲律賓召開之「社會變革與東南亞華人文學」國際會議召集人之一。
	八月	詩作選入韓國出版之《漢城奧運會詩選》。
	十月	應中國文聯《四海》大型文學雜誌聘為編委。
	十二月	中選為「世界華文詩人協會」第一屆常務理事。
一九八九年	二月	收入「美國傳記學會」編選之《世界傑出領袖名錄》（第二版）。
	三月	應聘為「香港作家聯誼會」顧問。
	七月	應聘為「國際華文文學協會」理事。
	十一月	收入英國劍橋出版《國際名人錄》第二十一卷。
一九九〇年	十二月	詩作選入中國四川辭書出版社出版之《中國新詩名篇鑒賞辭典》。
一九九一年	元月	收入「菲律賓作家聯盟」編選之《菲律賓作家名錄》。
一九九二年	六月	應美國國會圖書館之邀，提供作品作為永久收藏。
	七月	詩作收入《奧運詩選》並在西班牙巴賽隆納開幕之奧運會第五日朗誦。
	十二月	收入美國出版之《瑪格斯世界名人錄》第十一卷。
一九九三年	八月	應聘為英國劍橋《世界文藝學會》會士。
	九月	獲印度米格瑪付蘇丹大學「瑪付蘇丹」獎，並赴印度加里各答領獎。

一九九四年　五月　　收入中國瀋陽出版社出版《台港澳暨海外華文新詩大辭典》。

　　　　　　九月　　收入中國暨南大學出版社出版《海外華文文學名家》。

　　　　　　十二月　著作在美國奧哈約州莫當學院學生聯合會與國際作家與藝術家協會聯合主持之「國際郵運藝術展」展出。

一九九五年　三月　　英譯作品《痕》收入美國奧哈約州國際作家與藝術家協會主編之《一九九五年國際詩選》。

　　　　　　六月　　詩作《野生植物》收入美國詩人Ｔ・比利耶拉譯詩集《水、花與糧食》。

　　　　　　六月　　《野生植物──雲鶴短詩》收入美國詩人Ｔ・比利耶拉譯葡萄牙文短詩集。

一九九七年　四月　　獲選為「國際儒商學會」地區理事。

一九九九年　七月　　應聘為中國上海邦德學院海外華文文學研究所及儒商研究中心特約研究員。

　　　　　　十二月　應聘為中國鷺江出版社編輯《東南亞華文文學大系──菲律賓卷》。

二〇〇二年　元月　　應聘為中國廈門大學東南亞華文文學研究中心客座研究員。

二〇〇三年　九月　　獲中國濟寧市第五屆國際儒商大會頒贈「國際儒商貢獻獎」。

　　　　　　　　　　應邀參加中國文化部文化藝術中心主辦的「國際華人詩書畫藝術大展」。

二〇〇四年十一月	獲中國國際儒商學會頒贈「儒商文學獎」。
二〇〇六年　五月	倡組「東南亞華文詩人筆會」並獲選為筆會常務理事，負責主編華文《東南亞》詩刊創刊號。
七月	獲國際儒商學會頒贈「05-06年度貢獻獎」。
九月	獲美國世界藝術文化學會（World Academy of Arts & Culture）頒贈榮譽博學會士銜（Honorary Degree of Doctor of Literature, LittD）。
二〇〇七年　六月	獲中國福建省泉州市華僑大學聘為客座教授。獲世界桂冠詩人學會（United Poets Laureate International, UPLI）頒「以詩歌促進世界和平與人類友好」獎狀。
七月	獲美國愛荷華大學（University of Iowa）國際寫作中心（IWP）邀請參加四十周年慶典並宣讀《東南亞各國的華文詩及影響菲華文學的幾項事》的報告。
十二月	中英對照雙語版《野生植物》（The Wild Plant and others）獲希臘TO KAφENEIO TON IΔEON, TKTI學會頒「客座詩人雙語書獎。
二〇〇八年　五月	獲國際儒商學會頒贈「特別貢獻獎」。
八月	獲菲律賓作家聯盟（UMPIL）頒Gawad Pambansang sa Alagad ni Balagtas榮譽詩獎，為首位純粹以華文創作獲此殊榮的菲華文藝工作者。

國家圖書館出版品預行編目

沒有貓的長巷 / 雲鶴著. -- 一版. -- 臺北市
　　：秀威資訊科技, 2010. 01
　　　面；　公分. -- （語言文學類；PG0328
菲律賓. 華文風；7）
　　BOD版
　　ISBN 978-986-221-378-0（平裝）

868.651　　　　　　　　　　　98023688

語言文學類　PG0328

菲律賓・華文風 ⑦

沒有貓的長巷

作　　　者／雲　鶴
主　　　編／楊宗翰
發　行　人／宋政坤
執 行 編 輯／藍志成
圖 文 排 版／鄭維心
封 面 設 計／蕭玉蘋
數 位 轉 譯／徐真玉　沈裕閔
圖 書 銷 售／林怡君
法 律 顧 問／毛國樑　律師
出 版 印 製／秀威資訊科技股份有限公司
　　　　　　台北市內湖區瑞光路583巷25號1樓
　　　　　　電話：02-2657-9211　傳真：02-2657-9106
　　　　　　E-mail：service@showwe.com.tw
經　銷　商／紅螞蟻圖書有限公司
　　　　　　台北市內湖區舊宗路二段121巷28、32號4樓
　　　　　　電話：02-2795-3656　傳真：02-2795-4100
　　　　　　http://www.e-redant.com

2010 年 1 月　BOD 一版
定價：340 元

讀　者　回　函　卡

感謝您購買本書，為提升服務品質，煩請填寫以下問卷，收到您的寶貴意見後，我們會仔細收藏記錄並回贈紀念品，謝謝！

1. 您購買的書名：＿＿＿＿＿＿＿＿＿＿＿＿＿＿＿＿＿＿

2. 您從何得知本書的消息？

　　□網路書店　□部落格　□資料庫搜尋　□書訊　□電子報　□書店

　　□平面媒體　□ 朋友推薦　□網站推薦　□其他＿＿＿＿＿＿＿

3. 您對本書的評價：(請填代號　1.非常滿意 2.滿意 3.尚可 4.再改進)

　　封面設計＿＿＿　版面編排＿＿＿　內容＿＿＿　文/譯筆＿＿＿　價格＿＿＿

4. 讀完書後您覺得：

　　□很有收獲　□有收獲　□收獲不多　□沒收獲

5. 您會推薦本書給朋友嗎？

　　□會　□不會，為什麼？＿＿＿＿＿＿＿＿＿＿＿＿＿＿＿＿＿＿＿

6. 其他寶貴的意見：＿＿＿＿＿＿＿＿＿＿＿＿＿＿＿＿＿＿＿＿＿

　　＿＿＿＿＿＿＿＿＿＿＿＿＿＿＿＿＿＿＿＿＿＿＿＿＿＿＿＿＿＿

　　＿＿＿＿＿＿＿＿＿＿＿＿＿＿＿＿＿＿＿＿＿＿＿＿＿＿＿＿＿＿

　　＿＿＿＿＿＿＿＿＿＿＿＿＿＿＿＿＿＿＿＿＿＿＿＿＿＿＿＿＿＿

讀者基本資料

姓名：＿＿＿＿＿＿＿＿＿＿　年齡：＿＿＿＿　性別：□女 □男

聯絡電話：＿＿＿＿＿＿＿＿＿　E-mail：＿＿＿＿＿＿＿＿＿＿＿

地址：＿＿＿＿＿＿＿＿＿＿＿＿＿＿＿＿＿＿＿＿＿＿＿＿＿＿＿

學歷：□高中(含)以下　　□高中　□專科學校　□大學

　　　□研究所(含)以上 □其他＿＿＿＿＿＿＿＿

職業：□製造業 □金融業 □資訊業 □軍警 □傳播業 □自由業

　　　□服務業 □公務員 □教職　□學生 □其他＿＿＿＿＿＿＿

秀威與 BOD

BOD（Books On Demand）是數位出版的大趨勢,秀威資訊率先運用 POD 數位印刷設備來生產書籍,並提供作者全程數位出版服務,致使書籍產銷零庫存,知識傳承不絕版,目前已開闢以下書系:

一、BOD　學術著作—專業論述的閱讀延伸
二、BOD　個人著作—分享生命的心路歷程
三、BOD　旅遊著作—個人深度旅遊文學創作
四、BOD　大陸學者—大陸專業學者學術出版
五、POD　獨家經銷—數位產製的代發行書籍

BOD 秀威網路書店：www.showwe.com.tw
政府出版品網路書店：www.govbooks.com.tw

　　永不絕版的故事・自己寫・永不休止的音符・自己唱